I0561536

13830

Traduit de l'allemand
de Gellert, par Boulanger
De Rivery x Cantons

FABLES

ET

CONTES.

Avec un Discours fur la Littérature
Allemande.

Nec aliud quicquam per Fabellas quæritur
Quam corrigatur error ut mortalium,

Phæd.

5158072

FABLES
ET CONTES.

A PARIS,

Chez DUCHESNE, Libraire, rue Saint Jacques,
au Temple du Goût.

━━━━━━━━━━━━━━━━━━━━━━━━━

M. DCC. LIV.
Avec Approbation & Privilège du Roi.

DISCOURS

PRÉLIMINAIRE.

 N se propose de donner ici quelque idée de la Littérature Allemande, qui est encore très-peu connuë en France, & dans laquelle on a puisé les principaux sujets des Fables qui composent ce recueil.

Elle n'est pas cependant si différente de la nôtre que l'on ne puisse appercevoir dans leurs progrès quelques traits de ressemblance.

Les François & les Allemands fous Charlemagne n'avoient encore qu'un langage barbare. C'étoit une grande entreprise que celle d'affujettir à des régles conftantes deux Langues qui jufqu'alors avoient été entierement négligées. L'ufage ne pouvoit décider chez des peuples qui n'étoient pas encore fociables. Charlemagne a furmonté ces difficultés, & le plus grand des Empereurs n'a pas dédaigné d'être dans les deux Nations (a) le premier des Grammairiens.

Tandis que Guillaume de Lorris donnoit en France dans le treizieme Siécle le Roman de la Rofe, le plus ancien monument de notre Littérature, un Anonyme mettoit en vers Allemands les Fables

_____

(a) Voyez MM. Einhard, Hachemberg, Ramus, &c.

d'Esope, environ 400 ans avant M. de la Fontaine.

Opitz que l'on appelle le Pere de la Poëfie Allemande, & Malherbe que l'on peut regarder comme celui de la Poëfie Françoife, fleuriffoient tous deux au commencement du dix-feptieme Siécle. Gunther & Rouffeau étoient auffi contemporains, & ont tous deux adreffé une Ode au Prince Eugene. Mais fi nous n'avions eu que Malherbe, & que Rouffeau fût mort comme Gunther dans fa premiere jeuneffe, il faut convenir que la réputation de notre Langue feroit très-bornée.

Louis XIV. changea la face de l'Europe & y répandit l'amour des Arts. Les grands Ecrivains qu'il fçavoit fi bien diftinguer & dont il prévenoit fouvent les chef-d'œuvres par fes bienfaits, ont rendu la Langue Françoife prefqu'univerfelle, & ont partout fervi de modeles. La France étoit deſtinée à donner l'exemple de la véritable gloire, & dans pluſieurs genres celui de la perfeſtion.

Gunther avouë que Louis XIV. a été le reſtaurateur de la Poëſie. Nous devons prendre d'autant plus de part aux ſuccès des meilleurs Poëtes de l'Allemagne, qu'ils ſe ſont formés de nos jours d'après nos bons Auteurs du dernier Siécle. Rendre compte de cette Littérature, c'eſt parler à la fois de la gloire des deux Nations.

Mais juſqu'à préſent on ne connoit gueres dans toute l'Europe que les Allemands qui ont écrit en Latin ſur des matieres graves. L'Hiſtoire Politique & Littéraire, le Droit Public, la Médecine, la Philoſophie ſe ſont enrichis de leurs travaux. Et l'on s'eſt formé de cette Nation entiere à peu près la même idée que l'on a d'un Sçavant, qui ne donne point ce qui a déja été dit pour des choſes nouvelles, mais qui

ouvent furcharge d'érudition des ouvra-
es où elle eft à la vérité néceffaire , &
où dans d'autres pays l'on n'en mettroit
eut-être pas affez : qui raifonne avec méthode , qui s'exprime avec clarté , mais à
qui les graces font étrangeres.

En effet elles feroient déplacées dans
les Sciences : on ne doit point charger de
guirlandes le portrait de Minerve comme
celui de Flore.

Je voudrois faire connoître ici les progrès de la Langue Allemande , & furtout
ceux qu'elle a faits dans la Poëfie , le premier des Beaux-Arts. Je pafferai fous
filence cette Communauté de Maîtres-
Chanteur , *Meifter Sanger* , qui formée
de la lie du peuple & livrée aux travaux
les plus mécaniques s'arrogeoit le privi-
lege exclufif de faire des Vers dignes d'être
chantés fur les étaux de leurs boutiques.
On ne mettroit point la Confrairie des Mé-

neftriers dans l'hiftoire de la Mufique
Françoife parmi les Lully , les Mondon-
ville & les Rameau.

On peut diftinguer trois Siécles dans
lefquels la Langue Allemande , toujours
par les fecours de la Poëfie , s'eft élevée
par dégrés au point de perfection dont elle
étoit fufceptible. Le dernier de ces âges
favorables au Belles-Lettres n'eft encore
que vers le milieu de fon cours , & perfec-
tionnant ce que les deux autres avoient
commencé , fervira à jamais d'époque à la
grandeur de cette Nation.

Le premier eft celui des Empereurs de
la Maifon de Suabe , à compter depuis le
couronnement de Fréderic I. jufqu'à la
mort de Fréderic II. Ces deux Princes
porterent la guerre en Italie , & profiterent
du peu d'inftants que leur laiffa le tumulte
des armes pour encourager les Mufes Allemandes. Animées par leurs bienfaits ,

accueillies dans leur Cour, & cultivées par la Nobleſſe toujours empreſſée à ſuivre les exemples des Souverains, elles joignirent bien-tôt une ſorte d'élégance à la naïveté de leur premier âge.

Dès que la Poëſie eut développé quelques-unes des richeſſes de la Langue, on quitta auſſi-tôt en Allemagne cette coutume bizarre d'écrire en Latin Gothique toutes les conventions civiles, & de diſputer au Barreau les affaires du Peuple dans une Langue qu'il n'entendoit pas. Ce fut auſſi ſous Frédéric II. que commença la véritable Conſtitution de l'Empire, le fruit & le prétexte de tant de guerres, juſqu'à ce que le Traité de Weſtphalie lui eût donné dans la ſuite une forme plus conſtante.

Tant il eſt vrai que la Poëſie a devancé dans chaque Langue toutes les Sciences, & que les Princes qui l'ont protégée ont fait auſſi les plus grandes choſes dans tous les genres.

Il eſt inutile de dire que le Fabuliſte du treizieme Siécle eſt de beaucoup inférieur à M. de la Fontaine. Il a cela de commun avec tous nos Modernes. Mais il eſt très-étonnant qu'il l'ait prévenu dans quelques endroits, & que l'on y découvre le même génie & les mêmes tours. Le Renard dit au Corbeau,

Get grusz dich, lieber herr myn.

Ce qui approche de ce vers ſi connu de la Fontaine,

,, Eh bonjour Monſieur du Corbeau.

Quiconque eſt aſſez équitable pour avoir égard à la différence des temps, admirera ſans doute ces Fables Allemandes, dans leſquelles on apperçoit des étincelles du bon goût au milieu des ténébres de la barbarie, qui couvroient encore l'Europe.

Ce Fabuliste si ancien est préférable, comme l'a remarqué un grand Maître dans ce genre (*a*), à la plûpart des Auteurs qui ont depuis traité les mêmes sujets. Un Moderne fait parler ainsi le Rat qui demande grace au Lion.

Si nece dignetur murem Leo, nomine leoni
Dedecus, & Muri cœperit esse decus.
Si vincat summus minimum, sic vincere vinci est.
Vincere posse decet, vincere crimen habet. &c.

Cette tournure épigrammatique, ce vain cliquetis de paroles sont bien éloignés de la belle nature. L'Anonyme Allemand a sçu dire les mêmes choses d'une maniere simple & naturelle que j'aurois voulu pouvoir conserver ici dans notre Langue.

Quoi, Seigneur, un Lion tuer une Souris !
   Lorsqu'on peut nuire il est d'un plus grand prix
      De se montrer doux & facile :

_____

(*a*) V. le Discours de M. Gellert.

De quoi vous ferviroit de me donner la mort!
Si je ne puis vous être utile
Je ne fçaurois du moins vous faire tort.

M. de La Fontaine a encore mieux fait d'éviter un pareil difcours qui retarde l'action principale de cette Fable, & de ne pas fuppofer que le Lion ait eu befoin d'être engagé à la clémence.

„ Entre les pattes d'un Lion
„ Un Rat fortit de terre affez à l'étourdie.
„ Le Roi des Animaux en cette occafion
„ Montra ce qu'il étoit & lui donna la vie.

Le fecond âge eft celui d'Opitz : il retira la Poëfie Allemande de l'obfcurité dans laquelle elle avoit été replongée , & porta dans fes Ouvrages la pureté de la diction à un degré où l'on n'avoit pû atteindre dans des temps plus reculés. On eftime furtout fa defcription du Véfuve. Il traduifit l'Antigone de Sophocle, les Troyennes de Séneque , un Livre de Morale

François que l'on ne connoît plus depuis M. de la Bruyere & le Duc de la Rochefoucault, deux Ouvrages de Heinfius, & l'Argenis de Barclay. La connoiffance de tant de Langues lui fervit beaucoup à fixer la fienne. Il a fçu la polir fans l'énerver. La délicateffe portée trop loin retrécit le génie & ôte à la Poëfie fes images les plus fublimes. Echapées à l'enthoufiafme, elles font faites pour être fenties avec toute la chaleur qui les a infpirées, & non pas pour être toifées avec une froideur géométrique.

Il avoit coutume de dire qu'il ne vouloit vivre que pour les Lettres. Tous les hommes célébres avoient chacun leur devife, cet ufage étoit un refte des Tournois de nos peres. Il avoit pris pour la fienne, *qu'il y a encore de chofes à apprendre & d faire !* Preuve évidente que fon génie étoit fupérieur à fon fiécle, &

qu'il fentoit combien l'on étoit encore loin de la perfection.

Enfin le troifiéme âge eft celui des Gunther, des Hagedorn, des Haller, des Gottfched, des Rabener & des Gellert. Ces Auteurs dont la plûpart fleuriffent encore aujourd'hui dans différentes villes de l'Allemagne, ont répandu un nouveau jour fur la Littérature de leur Nation, & cette derniere Aurore a été plus brillante que les deux autres.

Il n'eft donc pas étrange que cette Littérature foit celle que nous ayons connuë le plus tard, puifque fes progrès ont été les moins rapides. Irions-nous en chercher dans le climat une caufe imaginaire lorfque nous en trouvons une raifon fenfible dans les mœurs des Peuples, & dans la forme du gouvernement ?

La véritable éloquence eft née dans les Républiques de Rome & d'Athenes où

le

le Peuple affemblé décidoit : elle y étoit le feul art de régner fur des hommes qui ne connoiffoient que l'empire de la perfuafion.

Il s'eft auffi formé fous différens Princes une forte d'éloquence, bien au-deffous de celle de Démofthenes, mais plus conforme aux mœurs de leurs fiécles, qui cultivée par des mains habiles, a fleuri malgré les défauts du genre, toujours déclamant contre la flatterie pour mettre le comble à la flatterie même, tantôt célébrant en face un homme illuftre par fes dignités, qui venoit avec appareil entendre l'éloge de fa modeftie, tantôt vantant les vertus des morts pour flatter la vanité des vivans.

Augufte & Louis XIV. deux Monarques immortels ont furtout raffemblé les Beaux-Arts au fein de leurs Etats. La Poëfie a augmenté leur gloire & leur a dû

b

la fienne. Affujettie à des cadences régulieres, elle tire fa force, pour ainfi dire, de fes propres chaînes, & refle plus long-temps dans la mémoire des hommes : elle a une harmonie plus vive, quoique peut-être moins nombreufe que celle de la Profe, & s'accommodant mieux des images les plus brillantes, fçait préfenter les grandes actions de la maniere la plus flatteufe.

En Allemagne les affaires des Souverains, celles des Villes, enfin de tous les Ordres de l'Empire, fe terminent dans les Diettes d'après les principes & les actes du Droit public, inféparable de l'Hiftoire. Cette Conftitution étoit, ce femble, plus propre à former des Sçavans & des Jurifconfultes que de grands Orateurs & de grands Poëtes.

Comme l'Erudition eft liée de plus près au gouvernement de l'Allemagne, on y vit naître fucceffivement un grand

nombre d'Univerfités , toujours très-confi-
déréas. De toutes les Facultés , celle des
Arts y fut établie la derniere : elle avoit
moins de rapport aux vûës de leurs Fonda-
teurs. Ce qui démontre combien elles font
en honneur , c'eft l'ufage qui fubfifte encore de leur renvoyer le jugement des
affaires les plus importantes & les plus
difficiles. Rien n'eft plus propre à entretenir leur émulation & leur crédit.

Il a été un temps où les Allemands , à
force d'eftimer les Langues fçavantes ,
méprifoient (a) celle de leur pays , fans
fonger que l'on ne doit étudier les anciens
que pour apprendre à perfectionner comme eux fa Langue naturelle. Des Profef-
feurs ont craint de s'avilir & de déroger
en donnant quelques inftants à cette même Littérature que des Princes s'étoient
fait honneur de cultiver.

(a) V. Opitz , de contemptu Linguæ Germanicæ.

b ij

Hugues de Trymberg a reffemblé à
tous ceux qui fecouent les premiers un
préjugé & qui lui payent en même-temps
quelque tribut. Il a donné un Recueil de
Poëfies Morales. Mais pour ménager fon
amour propre & celui de fes Collegues,
il s'eft cru obligé de prévenir ainfi fes
Lecteurs.

„ Sçachez que durant trente années j'avois fi bien
„ dirigé tous mes fens fur le Latin que les Rimes
„ Allemandes m'étoient abfolument inconnues, au
„ point que je m'imaginois être dans un pays étran-
„ ger dont il m'auroit fallu apprendre la Langue. „

Ces Univerfités multipliées, en refferrant
dans les bornes des Etudes Scholaftiques
les plus heureux génies de l'Allemagne &
du Nord, ont été long-temps un obfta-
cle aux progrès des Arts & de la faine
Philofophie. Mais on y apprend aujour-
d'hui l'Allemand par principes de même

que le Latin & le Grec. On fait plus , &
à ces queſtions vagues & infruĉtueuſes ſur
le mal en tant que mal , ſur *les aĉtes indiffé-*
rens , *&c.* on ſubſtituë à la fin l'étude des
devoirs de l'homme. Au lieu de décrier
ces établiſſemens qui nés dans des ſiécles
obſcurs peuvent ſe ſentir encore de leur
origine , il eſt , ce me ſemble , plus digne
d'un ſiécle éclairé de chercher à les rendre utiles.

C'eſt beaucoup ſans doute de protéger
l'Erudition & de récompenſer ceux qui
ne diſant rien d'eux-mêmes , recueillent
très-bien tout ce que l'on a dit de mieux
ſur chaque ſujet. Mais s'en tenir à ces
bienfaits , c'eſt reſſembler à un homme
qui feroit ſans ceſſe amaſſer de toutes parts
des matériaux , & ne ſe donneroit aucun
ſoin pour avoir des Architeĉtes.

Auguſte & les Médicis en Italie , Char-
les II. en Angleterre , François I. & Louis

XIV. en France, par la protection qu'ils
ont accordée aux Lettres, ont mis le comble à leur réputation & à celle de leurs
peuples. La même gloire est encore ré-
servée à celui des différents Souverains
de l'Allemagne, qui favorisant comme
eux les Sciences & les Arts dans sa Langue, illustrera sa Nation & achevera enfin ce que les Empereurs Fréderic avoient
si heureusement commencé.

Tant d'Ouvrages dont on est redevable au Duc de Florence, prouvent que
l'on peut sans être Roi former de grands
Ecrivains, & par-là contribuer à éclairer
l'humanité. Ce qui est pourtant plus glorieux que de ravager des Etats & d'assu-
jettir des Nations.

On veut parvenir à la gloire, & par
une suite des contradictions ordinaires de
l'esprit humain, on ne cherche point à la
connoître. La seule qui puisse être durable

ne dépend point des préjugés , puisque ceux-ci font paffagers. Auffi voit-on que la gloire des plus fameux Conquérans a toujours diminué d'âge en âge , tandis que celle du petit nombre de Princes qui ont fait fleurir les Lettres eft augmentée de jour en jour.

La Nation Allemande a reconnu qu'il manquoit à fa Littérature la protection de fes Souverains. Gunther au commencement de ce fiécle , dans un Poëme dédié à Augufte II. Electeur de Saxe & Roi de Pologne , difoit en faifant allufion au nom de ce Monarque & à la Lyre des Poëtes.

„ Jufqu'à préfent nous autres Allemands n'avons
„ encore joué que de la *vielle*. Si nous avons vu
„ naître de temps en temps quelques Cignes , on ne
„ peut pourtant regarder leurs accents que comme un
„ commencement. Pourquoi la Poëfie a-t-elle fait
„ fi peu de progrès parmi nous ? Sire , il n'y a point
„ d'Augufte pour elle.

Mais les meilleurs Poëtes n'avoient pas encore paru. Bien-tôt surmontant tous les obstacles qui avoient souvent dans le sein de leur patrie étouffé les talents prêts à éclore, ils ont obtenu au moins les suffrages des peuples. Parce qu'ils ont pû faire ne trouvant dans leur route que des sujets de dégoût, on voit combien ils ont eu de génie, & on peut concevoir tout ce qu'ils auroient fait, s'ils n'avoient point été détournés par d'autres études, & si les grands talents avoient pû leur tenir lieu de fortune. Loin d'être surpris de la lenteur de leurs progrès, on s'étonnera plutôt, quand on pesera toutes les circonstances, qu'ils ayent déja égalé dans quelques parties les autres Nations de l'Europe sans avoir jamais eu les mêmes secours.

Il semble que ç'ait été le destin de la Littérature de se communiquer de proche en proche. Née près de l'Equateur, &

comme

comme au centre du monde , elle a paſſé de l'Egypte dans la Grece , & s'eſt toujours approchée par degrés de notre Pole. Il eſt naturel en effet que l'Emulation régne entre des Nations voiſines , & que celles qui n'ont pas encore eu les avantages littéraires s'empreſſent alors de les acquérir. Les Proteſtans réfugiés en Allemagne ont contribué auſſi à y répandre l'amour des Arts , de même que les Grecs chaſſés de l'Orient avoient ramené les Lettres en Italie.

Je ne m'arrêterai point à répondre à deux de nos Ecrivains qui ont avancé qu'un Allemand ne pouvoit être Bel. Eſprit , parce , dit l'un , que tous les gens du Nord ont *des corps maſſifs*. Ceux qui ont imputé à toute la Nation Françoiſe une prévention ſi ridicule , ont été plus injuſtes encore. Les hommes qui penſent ſçavent dans tous les pays que l'eſprit eſt de toutes les Nations.

c

Ceux qui cultivent les Lettres ſçavent auſſi que le Génie eſt peu de choſe ſans le travail. Et s'ils ſont au-deſſus de la petite vanité de donner leurs chefs-d'œuvres en quelque ſorte pour des inpromptu, ils conviendront qu'une Nation, qui de l'aveu de toutes les autres eſt une des plus laborieuſes, ne ſçauroit être la moins propre aux Beaux Arts. Quelques Poëtes ont voulu faire entendre que les beaux Vers étoient un jeu de leur Muſe ; mais on peut mettre cette ſupercherie trop ordinaire au rang des autres fictions de la Poëſie. Rien n'eſt plus aiſé que d'en impoſer là-deſſus au commun des Lecteurs. Horace & Boileau étoient de meilleure foi : la réputation d'Eſprit facile coûte des peines incroyables ; le comble de l'Art eſt de le faire diſparoître.

L'Eſprit a percé en Allemagne juſques dans la Philoſophie où ſouvent il égare.

On ne peut reprocher à Léibnitz comme à Defcartes, que d'avoir eu trop d'imagination. L'un a fes Monades, comme l'autre a fes Tourbillons.

Après avoir donné cette idée générale de la Littérature Allemande, je vais parler des Auteurs qui fe font le plus diftingués dans ce Siécle, & dont les Ouvrages ont mérité l'attention de l'Europe. Gunther a marché le premier fur les traces du grand Opitz : mais il a effuyé tant de malheurs que l'on feroit tenté de mettre de ce nombre fes talens mêmes qui en ont été la fource. Cette Imagination ardente, ce Génie vafte & fublime ne pouvoient gueres s'abaiffer aux petites intrigues qui menent à la fortune. Oublié, méprifé d'une Nation qu'il illuftroit, perfécuté par fa famille qui révere aujourd'hui fa mémoire, abandonné de fon pere qui n'apprit à le connoître qu'après fa mort, il a fçu conferver de la grandeur d'ame dans l'opprobre ; & au comble de la mifere. On en peut juger par ce morceau dont je vais hazarder une foible traduction avec toute la liberté que m'a paru exiger la différence des Langues.

Les Mufes que je fers ont borné mes défirs,
Je ne recherche point l'importune richeffe :
Mon Art eft mon tréfor, ma gloire & mes plaifirs.
Que d'autres de leur fang cimentent leur nobleffe,
O mon Roi, dans le fein d'un loifir ftudieux
Tes vertus, tes bienfaits vont être tous mes Dieux.
Qne ma voix aux neuf Sœurs mérite ton fuffrage !
Tes lauriers dans ta cour leur ferviront d'ombrage,
Que ta main leur préfente un appui glorieux !
Anime les talents, ils feront ton ouvrage :
Qu'un jour je puiffe dire au déclin de mon âge,
Mufes, je fuis content, & vous m'avez dicté
Des Vers dignes d'Augufte & de l'Eternité ;
Je brave également & la mort & l'envie,
Je quitte fans regret le Parnaffe & la vie.

Augufte II. fçavoit régner, aimoit les

Arts, & alloit, fans doute, en récom-
penfant Gunther, hâter les progrès de la
Poëfie Allemande. Une avanture fingu-
liere renverfa ces efpérances. On prétend
qu'un Poëte de la Cour, fans talents,
fans génie, mais grand fourbe, le jour-
même que Gunther, dont il étoit jaloux, de-
voit y être préfenté, mêla dans fa boiffon
quelques drogues qui l'enyvrerent. Le jeune Gunther parut dans cet état & tomba
devant le Prince dont il récitoit les louan-
ges. Il ne furvécut pas long-temps à cette
difgrace, & mourut à l'âge de 28 ans. Il
ne fut regretté alors que de l'ingénieux
auteur de la Charlatanerie des Sçavans.
C'étoit prefque le feul homme en état de
l'apprécier, & un feul homme ne fuffit
point pour défabufer une nation. Mais la
poftérité fouvent aveugle fur le prix des
actions que l'on déguife aifément & dont
les motifs lui échapent, eft bien-tôt éclairée

fur celui des Ouvrages qui reftent fous
les yeux de tout le monde, tels qu'ils ont
été faits. Ceux de Gunther, malgré leurs
défauts que fa jeuneffe & fes malheurs
rendent peut-être excufables, plairont
toujours parce qu'ils font pleins de génie
& laifferont des regrets éternels à fa patrie.

Neukirch eut moins de talents & fut
Gouverneur du jeune Prince d'Anfpach.
Il traduifit alors le Télémaque que mal-
heureufement il n'imita point. Au ftile
charmant de M. de Fénelon, il avoit pré-
féré l'enflure gigantefque de la Calpre-
nede. Le goût de l'ancienne Chevalerie a
auffi infecté la Poëfie Allemande. On prenoit l'extravagance pour l'imagination :
On parloit d'amour en ftile de Féerie : de
beaux yeux étoient deux Soleils ; les Graces difparoiffoient fous ces puérilités ma-
gnifiques. Le meilleur Poëme de M. Neu-

kirch est celui qu'il appelle sa Conversion Poëtique , & dans lequel il a lui-même abjuré sa Poëfie. Cet aveu qu'il a fait de ses défauts le rend digne d'être nommé parmi ceux qui les ont évités.

M. Haller a montré , ce semble, plus de Philosophie dans ses Vers que dans un sçavant Traité où il a attaqué , d'une maniere peu digne d'un Philosophe , un de nos Auteurs les plus estimables par ses mœurs , par ses sentimens & par ses Ouvrages. Je ne laisserai pas de rendre ici à M. Haller toute la justice qui lui est dûë. Je ne crois pas qu'il y ait dans aucune Nation des morceaux de Poëfie plus frappants , des Tableaux plus véritablement sublimes que ceux dont il a décoré sa Description des Alpes. Ce n'est pas un imitateur servile qui n'a bien vu l'Aurore que dans Homere & dans Virgile , & dont l'art malheureux est de ramper sur les pas des grands Poëtes. C'est un grand Poëte lui-même qui peint comme eux la Nature d'après elle.

Il a aussi donné des essais philosophiques en vers. Il y parle avec une noble liberté des Courtisans & des Dévots (*a*), & n'a jamais attaqué la Religion de son pays.

(*a*) Il est à remarquer que l'usage met une très-grande différence entre ces deux expressions, *c'est un homme dévot*, & *c'est un dévot* : la première est un éloge, & la seconde, une injure. L'usage met encore autant de différence entre *Courtisan* & *homme de Cour*. Sous le nom de Courtisan on comprend tous ceux qui chercheroient à faire leur cour à quelque prix que ce fût. Mais un homme de la Cour est celui que sa naissance ou ses dignités attachent à un Prince. D'après cette idée, consacrée par l'usage, les gens de la Cour sont très respectables, il n'en est pas de même des Courtisans. Notre Langue a des nuances si délicates que l'on pourroit distinguer encore ces deux expressions de celle d'homme de Cour. Il me semble qu'elle regarde plus particulierement les manieres de la personne, au lieu que les deux autres ont plus de rapport à son caractere & à son état. V. MM. Corneille, Boileau, la Bruyere, &c.

Mais ſes Ouvrages ſe reſſentent dans quelques endroits de l'Idiome Suiſſe , qui n'eſt pas à beaucoup près auſſi pur que celui de Saxe. Il corrige à chaque édition ces fautes légeres ſi on les compare à tant de beautés qui les font oublier. M. Hagedorn a plus de correction dans le ſtile , autant de délicateſſe dans les ſentiments & dans les images , mais moins d'énergie. L'Amour & le vin ſont ſes ſujets les plus ordinaires , c'eſt l'Anacréon Allemand. M. Hagedorn a quelques morceaux comparables à ce que nos Chapelle & nos la Fare ont fait dans ce genre. J'ai eſſayé une traduction très-libre de ſa Phryné. Le pinceau ferme & vrai de Rouſſeau a repréſenté la vie de l'homme en noir, celui de M. Hagedorn couvre de fleurs celle d'une belle fille. Mais on ſçait que l'on ne traduit point les graces. Il y a d'ailleurs dans cette piéce pluſieurs images trop hardies pour nos mœurs & cependant très-poëtiques. J'ai été obligé de les affoiblir.

Voyez Phryné tendre les bras
A fa Mere qui la careffe,
Son air ne nous prévient-il pas
Qu'elle eft faite pour la tendreffe ?

Elle attend encor la raifon
Et connoît déja la parure,
Une Poupée eft fa leçon,
L'Art commence avec la nature.

Elle a bientôt d'un Dieu puiffant
L'âge, le tein & le foûrire.
Phryné découvre un fein naiffant,
La Volupté-même y refpire.

Et la Fleurette & le Miroir,
Tout lui dit enfin qu'elle eft belle,
Sa vanité croît avec elle,
Les ans couronnent fon efpoir,

La Danfe légere, ingénuë
En folâtrant fixe fes vœux,

L'Amour caché parmi les Jeux
Vient échauffer son ame émuë.

Les Chants qu'elle exprime le mieux
Sont ceux qu'un tendre Amour infpire,
L'Amour petille dans fes yeux,
L'Amour fur fes levres foupire.

Objet des plus tendres défirs
Elle embellit toutes les fêtes,
Comptant fes jours par fes conquêtes
Et fes Inftants par fes plaifirs.

M. Rabener eft l'Auteur de plufieurs Satyres en Profe, ingénieufement envelop-
pées dans quelques Allégories. On connoît
de lui en France le teftament de M. Swift,
& un fonge qui renferme auffi des portraits dont on trouve les originaux dans
toutes les Nations. Mais comme M. Rabener a peint & a dû peindre furtout les
mœurs de la fienne, la plûpart de fes autres Ouvrages ne pourront être qu'imités,
& leur mérite alors dépendra de celui des

imitateurs. Pour le bien entendre il faut
le lire dans fa Langue & bien connoître fa
Nation. Il eft digne, je crois, d'être pla-
cé entre le Docteur Swift & notre Rabelais que les faifeurs de clefs ont défi-
guré. C'eft ce fil prétendu qui égare & qui
forme le labyrinthe, au lieu de fervir à en
fortir. Je ne vois dans Rabelais que des
Satyres générales & je l'en eftime davantage. On lui reproche avec raifon de s'être
fouvent moqué de fes Lecteurs & d'avoir
noyé fes traits ingénieux dans un torrent
de fottifes & de bouffonneries. C'étoit l'efprit de fon temps : nos Comédies n'étoient
encore que des farces & tous les genres fe
reffentoient de ce mauvais goût. Rabelais
a eu en cela le fort de tous les bons Auteurs, leurs talents font à eux feuls &
leurs défauts font prefque toujours ceux
de leur fiécle.

Il ne paroît pas que les Allemands fe

foient beaucoup exercé jufqu'à préfent dans le Genre Epique. Le feul Poëme qu'ils puiffent citer eft le Meffie, & il n'en a encore paru que les premiers Chants. Or il faut juger de l'enfemble. C'eft à peu près le même fujet qu'a traité Milton, le Paradis reconquis qui eft l'Odyffée de l'Homere Anglois. Il eft difficile d'être plus grand Poëte que Milton. Les Tragédies Allemandes approchent moins des nôtres que de celles des Anglois, fi vous en exceptez Shakespear dont elles n'ont ni les beautés ni les défauts.

M. Gellert eft celui qui me paroît avoir porté le plus loin la gloire des Lettres en Allemagne. Il a fait des Fables, des Contes, des Poëmes fur l'honneur, fur la richeffe, fur l'orgueil, fur l'humanité, &c, un Roman, une Paftorale & des Comédies. Il ne s'eft pas amufé à faifir de petites nuances de ridicule prefqu'impercep-

tibles & propres feulement à être jouées
devant un peuple de Métaphyficiens , fi
jamais il en naît ur. Il n'a introduit dans
fes piéces que de grands caracteres , pris
dans la nature , & fçait à merveille les
faire fortir par le contrafte : il y a dans
le billet de Loterie deux mariages parfaitement affortis. Un homme indifférent à
tout par tempéramment , excepté à la
douleur , que la perte de fa fortune ne
troubleroit point & que défefpere la pi-
quure d'un Moucheron , fe laiffe conduire
paifiblement par une femme acariâtre &
tracaffiere , très-capable de développer
tout le fang-froid d'un mari. Cet indo-
lent , fupérieur à tout ce que nous avons
dans ce genre , eft en oppofition avec
un avare qui prouve qu'un caractere fouvent traité prend une forme nouvelle entre les mains d'un bon Auteur. L'Avare
pour que rien ne manque au contrafte ,

tourmente fans ceffe par fa défiance une femme vertueufe & fçavante fans être ridicule, qui prend fon mal en patience & fait voir que l'on fe confole de tout avec de la vertu & quelques livres. Monfieur Simon dans la même piéce, Singe très-lourd de la légéreté de nos Petits-Maîtres, n'a rapporté de fon voyage en France que quelques phrafes communes qu'il regarde comme un Talifman pour fe faire aimer de toutes les femmes. La vanité lui perfuade qu'il faut être impertinent avec elles pour être poli, & il eft impertinent de la maniere la plus comique & la plus gauche. La dévote, autre piéce du même Auteur eft un caractere tout neuf fur le Théâtre & différent de celui de Tartuffe fans être moins comique. C'eft une femme de très-bonne foi qui déchire charitablement fon prochain, croit pouvoir avec des prieres fe difpenfer d'avoir des vertus, &

que le vrai chemin de fon falut eft de gronder fans ceffe & de faire damner tout le
monde. La Malade imaginaire de M. Gellert eft une forte de petite Maitreffe, fpi-
rituelle comme un enfant & plus capri-
cieufe encore, jouant les vapeurs pour
fixer feule l'attention d'un cercle & pour
obtenir quelqu'ajuftement, d'un homme
fimple qui eft bien la meilleure pâte de mari
qu'il y ait fur la terre. Cette femme, fi
on la plaint, jette les hauts cris pour qu'on
la plaigne davantage, & fi on ne la plaint
pas autant qu'elle l'a réfolu, devient réellement malade de fureur & de défefpoir.
L'envie d'avoir une robe d'un nouveau goût
la fait tomber en fyncope, & on la guérit
avec des Pompons. Il y a dans le cours
de cette Piece un Charlatan dont le rôle
eft d'autant plus plaifant qu'il n'eft pas
auffi au fait de ces maladies-là que nos
Médecins. Deux fœurs unies par l'amitié

tié la plus tendre font le fujet d'une autre Comédie pleine de fentimens. On ne peut leur reprocher que d'être trop bonnes amies. Une fille qui céde un amant aimé montre beaucoup d'amitié & peu d'amour ; ce qu'on gagne d'un côté on le perd de l'autre. D'ailleurs l'amour eft une paffion, l'amitié eft un fentiment plus réfléchi, & il eft plus naturel, plus théatral que la paffion l'emporte. Quelques endroits de ces piéces révolteroient ceux qui ne fçavent pas qu'il y a des plaifanteries nationales, différentes dans chaque pays ainfi que les mœurs, & que telle chofe plaifante à Paris ceffe également de l'être à Leipfic. La Scene Françoife exigeroit plus de précifion dans le Dialogue & plus de chaleur dans l'intrigue. Ces deux chofes font naturellement liées, car s'il y a peu d'action dans le plan il y aura auffi moins de vivacité dans le détail. Le grand Art des

d

intrigues amoureufes, fource féconde du bon comique, n'a été bien connu que dans les pays où le Théatre du monde offre fouvent de pareilles fcenes. Cet Art convient peut-être moins à la fimplicité des mœurs des Grecs & des Allemands. M. Gellert s'eft fignalé dans les Comédies Paftorales, fa Silvie eft dans un goût fimple & vrai, préférable à mon fens à tout l'efprit du *Paftor-fido*. Les Italiens ont inventé ce genre d'après les Eglogues des Anciens, & il eft encore tout-nouveau parmi nous. L'Aftrée dont la Profe ne vaut gueres mieux que les Vers, nous a repréfenté des Bergers fades qui nous ont dégouté des Bergeries. On a toujours la conftance d'eftimer par tradition ce Roman que l'on n'a plus le courage de lire. Nous n'en avons retenu que les noms de Céladon & de Silvandre dont nous-nous fervons pour donner des ridicules. La Nation penſe aujourd'hui ſur l'Amour comme penſoient les Petits - Maîtres du dernier Siécle.

La Poëſie de M. Gellert a une force naturelle & une harmonie touchante qui la caractériſent. Ses Ouvrages traduits ſeront dépouillés de ces avantages & ſe ſoutiendront encore par la ſublimité & ſurtout par la vérité des ſentiments. Voici un morceau de ſon Poëme ſur la richeſſe & ſur la gloire. Mais » Malheur, dit un grand » Homme , aux faiſeurs de Traductions » Littérales. C'eſt bien-là que l'on peut » dire que la lettre tuë & que l'eſprit vi- » vifie.

Ce morceau commence ainſi ,

Cleanth , Lupin , Alceſt, ſo Fehlt , ſo reich ihr Seyd ,
Euch bey dem uberfluß doch die Zufriedenheit ,
&c.

Mortels infortunés qu'enyvre l'Opulence,
Vous que le bonheur fuit au fein de l'Abondance,
Idoles du Vulgaire, Efclaves de Plutus !
Que l'éclat des tréfors, des titres fuperflus
Eblouiffe les yeux de la folle Ignorance,
Mais de vos cœurs flétris je vois trop l'indigence.
Le mien n'a pas befoin de ces biens faftueux,
La pompe fait les Grands & non pas les heureux.
Raifon, montre à mes yeux les richeffes cruelles,
Leurs trompeufes douceurs & leurs peines réelles.
Tu fçais apprétier les tréfors dangereux
Qu'entaffe l'avarice & qu'augm...   es :
De l'aveugle Fortune éclaire les abi..
Et parcours avec moi fes fentiers épin. ix.
Qui, moi ! qu'Epoux avare, imbécille & parjure,
J'aille fans confulter l'Amour ni la Nature,
D'un Hymen odieux reconnoître la Loi
Et vendre au poids de l'or ma tendreffe & ma foi.
Moi, j'irois d'un mourant captiver la foibleffe,
Ménager avec art la crédule vieilleffe,
Couvrant mes attentats d'un voile d'équité
Voler un héritage avec impunité.
J'irois, auprès des Grands adulateur fervile,
Leur offrir à l'enchere un encens méprifé,
Lâchement fur leurs pas m'élever en reptile,

Et dépouillant l'Etat, l'Autel & le Pupile,
M'enrichit comme un fourbe ou comme un infenfé.

Il me femble qu'il n'eſt pas plus poſſible de traduire un Poëte en Profe qu'un
Hiſtorien en Vers. La Traduction doit
changer la Langue & non point la nature
d'un Ouvrage.

La Profe rend les idées avec plus d'ordre & défigure les images plus hardies,
réfervées à la Poëſie. C'eſt copier un Tableau dans une eſtampe, il y manque le
coloris qui eſt l'ame de la Peinture. La
copie doit reſſembler autant qu'il eſt poſſible à l'original, & la verſification ajoutera
toujours à la reſſemblance.

L'endroit où M. Gellert repréſente les
douceurs de la vie privée eſt de la plus
grande beauté, je ne crois pas qu'il ſoit
poſſible d'en approcher dans aucune Traduction. Je fens combien celle-ci eſt im-

parfaite & éloignée de l'expreſſion élégante & énergique de M. Gellert.

Was ſorgſt du, ob dein ruhm die halbe vvelt durchſtricht?
Dein Freund dein Weib dein haus ſind vvelt genug ſur
dich.
Such ſie durch ſorgfalt dir durch liebe zu verbinden
Und du vvirſt ehr und ruh in ihrer liebe finden.

Que t'importe en effet que la gloire frivole
Aille porter ton nom de l'un à l'autre Pôle ,
Ta maiſon eſt un monde aſſez grand pour ton cœur.
Qu'une épouſe, un ami te doivent leur bonheur.
Heureux celui qui ſçait obliger ce qu'il aime !
Mets dans leur amitié ta gloire & ton repos ;
La Vertu brille encor dans l'obſcurité-même ,
Et qui la ſuit ſans faſte eſt plus grand qu'un Héros.

La conduite de M. Gellert répond à
ſes Ouvrages. Les Auteurs ſe peignent
dans leurs écrits , & quand la vertu eſt
affectée , le naturel perce toujours. Mais il
faut convenir que ceux qui ſe ſont diſ-

tingués dans les Sciences & dans les Lettres ont prefque toujours été les hommes les plus vertueux. Tous les Courtifans qui adoroient la faveur dans M. Fouquet fe font retirés avec elle. Plufieurs lui devoient tout & l'ont trahi. De tous fes amis il ne lui eft refté que des Gens de Lettres dans fa difgrace. Ceux mêmes qu'il n'avoit pas obligé l'ont alors fervi. Le véritable Génie a fa fource dans le cœur.

On doit bien fe garder d'adopter les rumeurs vagues & calomnieufes par lefquelles l'envie s'efforce de ternir la gloire des Lettres , & que l'ignorance reçoit d'autant plus avidement que les foibleffes qu'elle fuppofe à ceux qui jouiffent d'une brillante réputation la confolent en quelque forte de fon obfcurité. Sur l'eftime que l'on doit accorder aux hommes il faut en croire les hommes eftimables.

Cette candeur, cette élévation qui réunies se prêtent un mutuel éclat & font les grands hommes, brillent dans tous les Ouvrages de M. Gellert & jusques dans ses Contes. Que l'on ne s'attende point à y trouver d'images licentieuses. C'est bien-là que l'on peut appliquer ce passage de Phédre : *Decipit frons prima multos.*

J'ai emprunté de M. Gellert plusieurs sujets, mais je n'ai pu emprunter sa maniere. M. de la Fontaine a enchéri sur ceux qu'il a imités, & je suis resté fort au-dessous de mes modeles.

Au reste je n'ai pas cru devoir me borner à traduire. Et quand je l'aurois voulu, j'aurois désespéré d'y réussir. 1. Notre Langue, la seule qui ne souffre point d'inversion ne sçauroit rendre les idées dans le même ordre.

2. Elle est assez riche pour tout exprimer, mais elle n'est pas abondante. Il est
bien

bien des idées que d'autres Nations rendent en un feul mot & que nous fommes obligés d'étendre Ce qui nous éloigne encore du mérite de l'exactitude dans les traductions.

3. Chaque Auteur a des beautés particulieres à fa Nation, la différence des mœurs eft auffi grande que celle des Langues. Suppofez un Génie heureux tel qu'Homere dans quatre Nations différentes, il traiteroit diverfement dans chacune le même fujet. .

4. Notre verfification met le comble à la difficulté. Elle eft fans comparaifon la plus difficile, non point par les régles de nos Vers, mais par les bienféances de notre Langue. Il n'eft pas queftion d'examiner fi elles font fondées, il fuffit qu'elles foient reçûes univerfellement & que quiconque voudroit s'en affranchir fe rendroit ridicule. La Poëfie, loin d'avoir

c

parmi nous plus de licences que la Profe ;
s'eft interdit un grand nombre d'expref-
fions. Je n'ai pas ofé même dans une Fable nommer *le Ver à Soie.*

La Profodie Allemande eft plus compli-
quée. La plûpart des grands Vers font des
ïambes réguliers. Mais je ne conçois pas
pourquoi elle réunit une double gêne &
la rime des Modernes & la mefure des
Anciens. Si l'une peut fuffire, l'autre eft
fuperfluë, & dès-lors paroît vitieufe.
L'objet de la verfification eft de fixer la
mémoire en refferrant les penfées & les
images dans de certaines limites. Il s'en
faut de beaucoup que la multiplicité des
moyens foit une perfection. On préfére-
roit à la Machine de Marly une machine
plus fimple qui rempliroit à moins de
frais le même objet.

Nos Vers ne fçauroient fe paffer des
rimes, parce que fans elles ils ne feroient

point affez différens de notre Profe. Mais les Allemands qui n'en ont pas plus be-foin que les Latins & les Grecs, évitent celles d'une fyllabe entiere avec autant de foin que nous les recherchons. Cela s'appelle richeffe chez nous & ftérilité chez eux.

Au refte cette verfification qui fe regle fur la valeur & non pas feulement fur le nombre des fyllabes, eft, fi j'ofe le dire, plus parfaite. Nos Vers ne font jamais exactement de la même mefure : ils ont un nombre égal de fyllabes inégales. La premiere de *trône*, *fête*, eft comptée au-tant que la derniere qui fe prononce à peine.

M. Gottfched a donné deux excellens Traités fur l'Eloquence & fur la Poëfie Allemande. L'Allemagne a aufli une Da-cier dans Madame Gottfched, & dans Mademoifelle Zigler une Deshoulieres.

Mais il eſt étrange de voir tant d'Ouvrages où reſpire le bon goût, défigurés par une impreſſion gothique. Les autres Nations s'en ſervoient également & l'ont abandonnée depuis long-tems. Les Lettres des Goths reſſemblent à leur Architecture, les Caractères Romains ont plus de netteté. Je ne doute pas que les Auteurs Allemands ne les préferent bien-tôt. Ils ſont aujourd'hui aſſez grands pour ne plus négliger même les petites choſes.

Une ſingularité plus frapante encore & bien glorieuſe pour les Univerſités Allemandes, c'eſt que des Profeſſeurs ayent été les Moliere, les Boileau & les la Fontaine de l'Allemagne.

La Poëſie ſeule développe les richeſſes des Langues & ſert en cela toutes les Sciences. Il eſt néceſſaire de bien connoître la valeur des termes avant de pouvoir rendre les idées avec force & avec préciſion.

Si quelques Philosophes se sont efforcé de la décrier, c'est qu'ils ne l'étoient pas assez pour sentir que leurs préceptes avoient besoin d'être resserrés par la mesure des Vers, soutenus par l'harmonie & embellis par les images : que c'étoit le seul moyen de les insinuer dans tous les esprits. La plupart des hommes sont incapables de suivre avec méthode une chaîne de vérités. Ils ont besoin d'être conduits à la vertu même par le sentiment.

Je terminerai ceci par une remarque du sçavant Mélanchton, son témoignage ne sçauroit être suspect. La renaissance des Lettres a, dit-il, commencé dans toutes les Nations par l'estime de la Poësie & leur décadence par le mépris de cet Art. Si donc l'on entendoit dire, *je suis bien revenu de la lecture des meilleurs Poëtes, les Vers en général ne me font plus le même plaisir*, ce seroit une marque déplorable,

mais infaillible, de la décadence du bon
goût. On voit par là combien il eſt important de faire naître ou d'entretenir dans
une Nation le goût de la Poëſie, ſi l'on
veut y tranſporter ou y conſerver l'Empire
des Lettres.

*Ce que M. de la Fontaine nous a laiſſé
à glaner dans Phedre n'en vaut preſque pas
la peine*, diſoit M. de la Motte. J'ai cru
cependant pouvoir puiſer dans la même
ſource quelques ſujets intéreſſants. Phedre
a fait un choix heureux dans les Apologues
d'Eſope & leur a donné une grace nouvelle par ſa préciſion élégante que l'on
a comparée avec raiſon à celle à Térence. Mais un des plus ſçavants hommes de
l'Europe, M. Chriſt dans un Ouvrage
qui eſt un jeu pour lui (a), & qui ſeroit

(a) *J. Fr. Chriſt Proluſio.*

pour tout autre un travail immenfe, a entrepris, il y a quelques années, de révoquer en doute l'autenticité du Phedre recouvré par notre M. Pithou auffi connu dans la Littérature que dans la Jurifprudence. Comme la fagacité de M. Chrift & la haute eftime que l'on a pour fon érudition font très-propres à donner du poids à fon fentiment, il ne fera pas inutile d'examiner ici les raifons fur lefquelles il le fonde. Séneque a dit, *Æfopios logos intentatum romanis ingeniis opus.* Mais ou Séneque a ignoré que Phedre ait fait des Fables, ce qui eft très-poffible, ou bien il a entendu par-là que perfonne parmi les Latins n'en avoit fait de nouvelles dans le genre d'Efope, ce qui eft très-vrai. Phedre lui-même avoit prévu que fes contemporains lui reprocheroient de n'être point véritablement Auteur.

lvj *DISCOURS*

Quidquid putabit esse dignum memoriæ Æsopi dicet.

Le silence de Séneque ne prouve rien contre Phedre dont Martial & Avien font mention. Avien en a fait, dit M. Christ, un Fabuliste Grec. Il est vrai qu'il le cite après Gabrias ou Babrias. De même on pourroit dire qu'il fait d'Horace un Poëte Grec, parce qu'il le cite dans le même endroit après Socrate.

On trouve dans la Corne d'Abondance (a) de l'Archevêque de Siponte, imprimée en 1496 la Fable des Arbres protégés par les Dieux, à peu près telle qu'elle est dans le Phedre qui n'a paru qu'en 1596. Mais on a trouvé un des Vers de cette même Fable sur un monument très-antique dont parle Zamosius. Et ce-

---

(a) *Nicolai Perotti Cornu-Copia.*

pendant Pérotti prétend qu'elle eſt un des amuſements de ſa jeuneſſe. A Dieu ne plaiſe que je veuille accuſer de mauvaiſe foi cet Archevêque : il ſe peut très-bien qu'il ait mis alors cette Fable parmi ſes Ouvrages , & que l'y ayant retrouvé dans un âge avancé il ait cru réellement l'avoir faite. Ce qui eſt d'autant plus vrai-ſemblable qu'il dit avoir tiré ce ſujet d'Avien qui ne l'a jamais traité. Ajoutez à cela que Pérotti connoiſſoit Phedre & qu'il en parle dans cette même Corne d'Abondance. Faudra-t'il ſur un ſeul paſ-ſage d'un Auteur du quinzieme Siécle ſup-primer à la fois les deux Fabuliſtes Latins qui nous ſont reſtés.

Mais pourquoi vouloir ôter à Phedre cinq Livres entiers parce qu'on y auroit in-ſéré une ſeule Fable qui ne ſeroit pas de lui ? Faudroit-il les attribuer toutes à Pé-rotti qui en auroit fait une ? Un Manuſ-

crit donne celle-ci à Phedre , un autre la
donne à Pérotti. Pour décider il faut la
lire dans les deux Ouvrages & reconnoître son auteur en comparant les stiles.
Une présomption très-forte encore contre
l'Archevêque de Siponte , c'est que plusieurs Vers de cette Fable courte & cor-
recte ont été totalement alterés par ce
respectable Commentateur de Martial,
Phœbo laurus pour *Phœbo laurea. Ne vi-*
deantur , &c.

M. Christ releve dans Phedre quelques
expressions qui lui paroissent peu Latines ,
& qu'il prétend n'avoir pas été employées
dans le même sens par les meilleurs Auteurs du Siécle d'Auguste. De-là il con-
clud que le Phedre est un Ouvrage supposé.
Mais comme il y a dans chaque Auteur
bien des tours & même des expressions
qui lui sont propres , on pourroit par
cette méthode prouver également que Ciceron n'est pas de Ciceron.

Et cette entreprise ne seroit pas entierement nouvelle. Un Ecrivain (a) du dernier Siécle a déja voulu prouver que Ciceron ne sçavoit pas le Latin.

Lorsqu'on annonça en Europe la premiere édition de Phedre , cette découverte d'un Manuscrit qui avoit été perdu si long-temps , parut d'abord suspecte à tous les Sçavans (b). Mais après avoir lû l'Edition que venoit de donner M. Pithou, il ne resta aucun doute dans les esprits. Le petit nombre d'expressions que trouve à y reprendre aujourd'hui un des plus ingénieux Critiques , est une nouvelle preuve de toute la pureté de Phedre.

M. Christ prétend que pour éclaircir ses

_____

(a) *V. Pascasii Grosippi Paradoxa litteraria. Amstel.* 1659 *Cicero & Varro nesciverunt utrum Latine diceretur, &c. Cicero sibi a Grammaticorum regulis imponi passus est , &c. Cicero Syntaxeos rationem in attii verbis prorsus nescivit , &c.*
(b) Voyez le Pere Vavasseur.

doutes il feroit néceffaire de recourir aux Manufcrits (a), & de démêler leur âge aux traits de l'Ecriture & à la forme des Lettres. J'avouë que je ne vois pas à quoi ferviroit un pareil examen. Ces Manuf. crits pourroient n'être pas auffi anciens que l'Ouvrage même, ils pourroient paroître auffi anciens & ne pas l'être. Car fi l'on a pu imiter la diction Latine du Siécle d'Augufte au point que tous les Sçavans s'y foient mépris, on a pu à plus forte raifon imiter le papier & l'écriture ancienne fi parfaitement que tous les Connoiffeurs s'y trompent. Il eft plus aifé fans doute de contrefaire tous les Manufcrits du Vatican que de compofer un feul Poëme digne de Virgile, de donner à une Statuë moderne le vernis des Antiques que de fculpter comme Praxiteles.

_____

(a) On m'a affuré qu'ils étoient à Rheims.

Il y a dans Phedre plufieurs traits qui dé-
notent clairement un Siécle poli. Qui
pourroit concevoir que dans des Siécles
barbares on eût peint fi agréablement l'in-
différence philofophique de Ménandre &
ce luxe voluptueux dont on n'avoit point
d'idée ? Ce que Phedre nous a dit des
mœurs & du génie de Ménandre doit, ce
me femble, nous faire regretter encore
plus les Comédies de ce Poëte Grec.

Et Ménandre à mon gré fut un grand perfonnage,
  Sa vertu n'étoit point fauvage :
  Des Mufes digne favoris
  On vit toujours fur fon vifage
  Briller les Graces & les Ris
  Dont Thalie ornoit fes écrits.
  Il fçut mériter le fuffrage
  Des connoiffeurs du temps jadis
  Qui valoient bien ceux de notre âge.
  Il fit rire l'Aréopage :
  Un Philofophe fourcilleux
  Jamais n'obtiendra mon hommage,

Et qui fçait dérider un Sage
Eſt cent fois plus ſage à mes yeux.

On a dit que M. de la Fontaine s'étoit
mis au-deſſous de Phedre *par bêtiſe.* M. de
la Motte (a) trouve ce mot *plaiſant.* Si la
Fontaine s'étoit donné lui-même la préférence qu'il méritoit , on l'auroit accuſé
avec plus de raiſon d'une vanité inſupor-
table ; c'eſt ainſi que la Critique fçait ſe
replier.

On ſe plait à exagérer la ſimplicité de la
Fontaine pour rendre d'autant plus mer-
veilleuſe la fineſſe de ſes Ecrits. Il n'eſt
perſonne à qui on ne donnât le caractere
que l'on voudroit ſi l'on ſe contentoit de le
former ainſi ſur deux ou trois Anecdotes.
Quel eſt l'imbécille qui n'ait rencontré
dans le cours de ſa vie quelques penſées
ingénieuſes ? Quel eſt l'homme d'eſprit à

_____

(a) Diſcours ſur la Fable , p. 52.

qui il ne foit jamais échapé quelque fimplicité ?

On a reproché à cet Auteur fi parfait
d'être plus diffus dans fes Contes que dans
fes Fables , mais on n'a pas fait attention que c'étoit la nature de ces deux
Ouvrages. La Fable doit toujours avoir
l'utilité pour objet , & un Conte peut
très-bien n'être qu'agréable. Un homme
qui eft en route pour affaires feroit blâmé
s'il s'arrétoit trop long-temps , mais il eft
très-permis à celui qui fe promene de
s'amufer à cueillir des fleurs.

M. de la Fontaine , a-t'on dit encore,
eft *négligé & inégal.* Pourroit-il être plus
élégant fans être moins naïf. Ses négli-
gences ne font-elles point heureufes &
propres à fon genre ? On fçait que nos
Peintres & nos Poëtes les plus modernes
ont porté très-loin les avantages du coloris. Mais n'eft-il pas à craindre qu'on ne

lui facrifie d'autres parties plus Importantes ? Le temps éteint bien-tôt ce que les couleurs ont de plus brillant : de même ce choix recherché de termes qui font dans le bel ufage eft perdu pour la poftérité ; il ne refte que la propriété de l'expreffion & la vérité des images.

D'ailleurs l'élégance même a fes bornes : Elle eft un défaut dans un Ouvrage lorfqu'elle s'y fait remarquer & que par-là elle ôte au naturel. Tous ceux qui ont écrit fur la Peinture obfervent que les Titiens, les Raphael, les Michel-Ange ne fe font point diftingué par le coloris, c'eft-à-dire que ces grands Maîtres ont eu un coloris moins féduifant, mais plus vrai. *Ut Pictura, Poëfis.*

. M. de la Motte s'arroge le mérite de l'invention & le refufe à la Fontaine. Mais elle confifte dans la diftribution des parties, dans le plan plutôt que dans le

fujet

fujet même. La Fontaine a créé en imitant, & je ne crains point de dire qu'il eft
dans le genre de la Fable beaucoup plus
inventeur que M. de la Motte.

Phedre & la Fontaine ont penfé avec
raifon que la célébrité des Apologues d'Efope rendroit leur ouvrage plus intéreffant.
Par la même raifon, les grands évene-
mens des temps fabuleux, les Avantures
de Phædre, d'Œdipe & d'Electre, font
beaucoup d'impreffion fur notre Théâtre.
Et Racine ne laiffe pas d'être regardé comme un Génie créateur dans la Tragédie,
quoiqu'il n'ait traité que des fujets déja
connus.

Je n'ai pas feulement puifé dans la Littérature Allemande (*a*). La réputation que

_____

(*a*) M. Quandt, homme de Lettres de Léipfic,
qui a féjourné ici plufieurs années, a beaucoup contribué par fon efprit & par fon fçavoir à faire eftimer en France la Littérature de fa Nation.

f

M. Gellert s'eſt acquiſe ſi juſtement dans
toute l'Europe m'a fait préférer le plus
ſouvent les ſujets des Fables dont on lui
eſt redevable. J'en ai auſſi emprunté quel-
ques-uns de M. Gay le meilleur Fabuliſte
de l'Angleterre. Cette Nation chez qui
les vertus & les talents tiennent lieu de
naiſſance & de dignités, lui a décerné les
plus grands honneurs & l'a fait enterrer
à Weſtminſter où ſont les tombeaux de ſes
Rois. On y lit une Epitaphe de M. Gay,
compoſée par le célébre Pope, & qui peint
le Génie Anglois.

. . . . . . Eh ! qu'importe à ta gloire
Que tu ſois à côté des Rois & des Héros
   Dans la pouſſiere des Tombeaux.
Ah ! plûtôt qu'à jamais honorant ta mémoire
Tes amis vertueux pénétrés de douleurs,
Diſent frapant leur ſein, il eſt dans tous les cœurs.

On dit tous les jours que les genres de
la Fable & du Conte ſont épuiſés. C'eſt;

je crois, faute de les bien connoitre, Rien n'eſt plus contraire au progrès des Beaux Arts que de vouloir ainſi leur aſſigner des limites. C'eſt d'ailleurs borner ſes plaiſirs.

M. de la Fontaine eſt le premier Fabuliſte de toutes les Nations dans le genre naïf : c'eſt le premier genre de la Fable, mais ce n'eſt pas le ſeul.

La Fable & le Conte ſont inépuiſables; Il n'eſt point d'évenement qui n'y puiſſe entrer, par conſéquent point de ſtile qui ne leur convienne. Le judicieux Deſpréaux lui-même s'eſt trompé en aſſurant que le Conte en général n'admettoit que *des manieres de parler ſimples & naturelles.* Cela n'étoit vrai que du genre de la Fontaine qu'il avoit alors ſous les yeux. Le ſtile doit toujours être proportionné au ſujet, & le coloris aux images.

Les Contes de M. Gellert renferment ſouvent des avantures tragiques. La Fable a prefque toujours entre les mains de M. Gay le ſtile le plus énergique, & préſente les plus grandes images. Malgré la naïveté ordinaire de la Fontaine, deux des Vers les plus épiques qui ſoient dans notre Langue ſe trouvent dans une de ſes Fables, & n'y ſont point déplacés. Dieu, dit-il, en parlant de l'Aſtrologie Judiciaire,

„ Auroit-il imprimé ſur le front des étoiles
„ Ce que la nuit des temps enferme dans ſes voiles.

Ces trois Fabuliſtes ſont entierement différents, on ne peut comparer que les genres qu'ils ſe ſont faits : chacun d'eux a excellé dans le ſien.

Les genres de M. Gay & de M. Gellert ont encore pour nous le mérite de la nouveauté. J'ai eſſayé de les tranſporter dans notre Langue. Je ne me flatte point d'avo'r réuſſi. Mais cet eſſai pourra ſervir au moins à indiquer une route nouvelle à ceux qui ont aſſez de talents pour la parcourir.

FABLES

A Iove Principium.

FABLES
ET CONTES.
LIVRE PREMIER.

I.

LA MOUCHE ET L'ARAIGNÉE.

E Bœuf & le Chameau font bêtes peu
    fensées,
La taille n'y fait rien, les plus grandes
    penfées
Peuvent loger dans le corps d'un Ciron.

Les Bêtes penfer ! Pourquoi non ?
Eft-ce après tout un fi grand avantage
Pour que nous prétendions l'avoir feuls en partage ?
Le Monde en fait fi peu de cas !
Combien Damon a-t-il de rente ?
Comment eft-il en Cour ? La demande eft prudente ;
Mais penfe-t-il, ou ne penfe-t-il pas,
C'eft chofe affez indifférente.

Dans un Temple fameux & des temps refpecté
Qui foudain raviffoit par fa pompe fuprême
Et dans le même inftant vous rendoit à vous même
Par fa noble fimplicité,
La Mouche d'un air fombre étoit fur une pierre,
Et méditoit , tantôt fe frottant la paupiere,
Et tantôt fe paffant la patte fur le front :
Ce gefte comme on fçait marque un efprit profond.
Après avoir donné carriere
A fes réflexions, elle dit gravement,
D'où peut venir ce pompeux bâtiment ?
Quelqu'un l'auroit-il fait ? Mais comment faire un
Temple !
Dis-moi qui le pourroit ? L'Art, répond Arachné,
Avant de le former fa main l'a deffiné,
Enfin quelque côté que ton foible œil contemple

Dans cet ordre suivi tu vois les traits de l'Art.

L'Art , ah vraiment je voudrois le connoître ,
Quelle est donc sa couleur , sa figure & son être ?
D'où vient-il ? Que fait-il ? l'as-tu vû quelque part ?
Mais sans nous arrêter à ces contes frivoles
Ecoute , & je t'explique en très peu de paroles

Cet Edifice ouvrage du hazard.
Dans ces lieux autrefois mille petites pierres

Se mouvoient en mille manieres ;
Ces Atômes un jour venant à s'accrocher ,
A se joindre , à s'unir , à s'arranger ensemble,
Formerent à la fin ce vaste & creux rocher
Où le même hazard maintenant nous rassemble.

La Mouche révolte en ce point ,
La Mouche , direz-vous , raisonnoit en Insecte
Ou plûtôt ne raisonnoit point ,
Un Temple quel qu'il soit suppose un Architecte ?
Mais l'Univers est-il donc moins parfait ?
Tant d'ordre & de magnificence
Pourroient-ils n'être point l'effet
D'une parfaite intelligence ?

A ij

I I.

LE CHIEN FIDELE.

CErtain larron connu par maints bons tours
Et furnommé Docteur parmi fes camarades
Sur les biens d'un Chanoine avoit jetté fes grades,
    La Nuit précipitoit fon cours ;
Gros Jean le Sommelier, Margot la Chambriere,
    Tout avoit fermé la paupiere,
Le Maître du Logis ronfloit profondément
Et fembloit au voleur indiquer le moment.
Un Dogue feul veilloit gardien trop fidele,
    Le Larron lui jetta du pain ;
Tu t'abufes beaucoup, lui dit le Sentinelle,
Si tu crois m'engager à fervir ton deffein ;
Ta libéralité m'avertit au contraire
    D'éveiller le Maître & fes gens,
Ce pain-là fent la hard & n'eft pas mon affaire,

Laocoon difoit à peu près en ce fens,
    Je crains les Grecs & leurs préfents,

III.

L'EPÉE ET LE SOC.

L'Epée un jour fiere de ses exploits
Rencontra dans les champs le Soc d'une charuë,
Et d'un ton de Major qui fait une revuë
    Lui dit, malheureux Villageois,
    Je plains ton ame roturiere !
    Tu respires dans la poussiere,
Tandis qu'aux Champs de Mars brillante dans les airs
On me voit imiter la foudre & les éclairs,
    Et subjuguer la terre entiere.
Il est vrai, reprit-il, je languis ignoré,
Tu détruis les humains, la gloire est ton partage ;
    Jaloux d'un plus grand avantage
J'aime mieux les servir que d'en être honoré.

I V.

La Cigale et le Hibou.

L A douceur & l'humanité
Ne peuvent que bien faire, & font toujours heureuses;
L'entêtement, la dureté
Ont souvent des suites fâcheuses.
La Cigale autrefois l'apprit à ses dépens,
Elle eut le sort de bien des gens.

La Cigale chantoit durant la Canicule
Près des lieux où dormoit Monseigneur le Hibou
En attendant le Crépuscule,
Ces sons perçants l'éveillent dans son trou.
Finissez, dit-il, je vous prie,
Abrégez vos concerts, ignorez-vous, Mamie,
Que les Hibous comme les gens de Cour
Veillent la nuit, dorment le jour ?
J'ai besoin de sommeil & non de mélodie.
Il eut beau la prier, la Cigale tint bon,
Bientôt il prit un autre ton.

Vous me forcez enfin d'abandonner Morphée
Pour Orphée,
Mon fort eſt aſſez doux puiſque je vous entens,
De ce Chantre fameux vous effacez la gloire :
Mais c'eſt aſſez chanté pour boire.
Çà, venez avec moi paſſer quelques inſtants,
J'ai du Nectar que m'a donné Minerve,
Je le réſerve
Depuis long temps
Pour quelqu'un du plus grand mérite ;
Il vous eſt dû, ſouffrez que je m'acquitte.
La Chanteuſe altérée & ſe ſentant louer
Par ce diſcours flatteur ſe laiſſe amadouer,
S'approche du Hibou qui l'écraſe & ſe venge.

Qui pourroit éviter l'appât de la louange ?
J'ai beau vous avertir qu'on doit s'en défier,
J'y ſerois pris tout le premier.

V.

LE LOUP ET LE CHEVREAU.

LE Loup le plus expert & non le plus agile
Vit un Chevreau léger qui regagnoit la ville.
Imprudent, lui dit-il, où portez-vous vos pas?
A la fleur de vos ans courir à perdre haleine
　　　Au devant d'un cruel trépas,
　　　Vraiment c'est prendre trop de peine,
　　　A votre avis ne vient-il pas
　Toujours trop tôt? Sur la ville inhumaine
　　　Daignez au moins jetter les yeux:
Voyez ces monuments où vos malheureux freres
Pour les crimes d'autrui victimes débonnaires
Se font vus égorger à la face des Dieux.
　　　Armé d'un couteau sanguinaire
Le Prêtre vous attend dans ces jours solemnels,
J'en frémis, quel chagrin pour votre tendre mere!
Va, j'aime mieux encore expirer aux Autels
Et du Maître des Dieux appaiser la colere
Que d'assouvir la faim du plus vil ravisseur.

Puifque la mort eft néceffaire
Mourons du moins avec honneur.

V I.

LE ROSSIGNOL ET LE VER-LUISANT.

Heureux qui fçait garder fans faft: & fans envie
      L'obfcurité de fon état !
Un Reptile fuperbe & fier d'un vain éclat
Voulut s'en prévaloir, il y perdit la vie.

La Nuit, fe difoit-il, a détruit les couleurs
Dont les rayons du jour fçavent peindre les fleurs,
      Et par des fillons de lumiere
Je trace en ces Jardins mon illuftre carriere.
      Les Diamants dont le plus digne emploi
      Eft de fervir aux Belles de parure
            Dans l'ombre brillent comme moi,
            Comme eux j'embellis la Nature :
            J'égale les flambeaux des Dieux,
Et j'imite ici bas le féjour du Tonnerre ;
            Ils font les Vers-luifants des Cieux,

Je fuis un Aftre fur la terre.
J'entens le Roffignol former de doux accens,
Sans doute il célebre ma gloire,
Par un fi beau fujet fes fons plus éclatants
Peuvent remporter la victoire
Sur tous les Chantres du Printemps.
Comme il difoit ces mots fa rampante étincelle
Trahit l'orgueilleux Vermiffeau,
Et guide dans les airs le vol de Philomele ;
Elle faifit fa proie & n'en fait qu'un morceau.

V I I.

LE VIEILLARD ET SES ENFANTS.

Sur une terre ingrate à quoi fert la culture ?

Un pere avoit deux fils de diverfe nature :
L'un que Minerve avoit envain bercé
Sçavoit à peine l'A , B , C ,
Et l'autre fembloit né fous une étoile heureufe ;
Il joignoit au don de l'efprit
Beaucoup de mémoire & d'acquit,

Et la Chronique fcandaleufe
Ajoute qu'il faifoit par fois de jolis vers,
Bref il réüniffoit tous les talents divers.
Et le prudent Vieillard au bout de fa carriere
Lui déclare en ces mots fa volonté derniere,
Mon fils, je crains pour vous un fâcheux avenir,
Vous avez de l'efprit, qu'allez-vous devenir ?
    Bravez s'il fe peut la mifere,
Tous mes biens font à vous. Et que feroit mon frere ?
Il n'a jufqu'à préfent rien que par vos bontés,
    Pour m'enrichir vous le deshéritez !
    Il eft vrai, mais en récompenfe
    C'eft une bête à vingt & trois karats,
Un grand fonds de bêtife eft un tréfor immenfe.

    Pour amaffer force ducats
    Pas n'eft befoin d'être un Homere,
    Un fot fait bien mieux fon affaire,
Et j'en prens à témoin tant de riches Midas.

VIII.

L'AMBITION ET L'ENVIE.

DEux Monſtres différents échappés du Ténare
    Obtinrent l'encens des mortels ,
    Et les Dieux jaloux des Autels
Sur les adorateurs de ce couple bizarre
Réſolus d'épuiſer la vengeance & ſes traits
Voulurent les punir par leurs propres forfaits.
Apollon deſcendit du ſéjour du Tonnerre ,
Et ſes premiers regards trouverent ſur la terre
    Dans un Temple paré de fleurs
L'Ambition , l'Envie , exécrables idoles ,
Troublant tous les eſprits , embrâſant tous les cœurs.
Vos ſouhaits , leur dit-il , ne ſeront plus frivoles :
L'une peut déſirer & dans le même inſtant
    Elle obtiendra tout ce qui peut lui plaire ,
    L'autre en aura deux fois autant.
Sans doute il m'appartient de parler la premiere ,
    Dit auſſi-tôt l'Ambition altiere ,
Par la même raiſon je puis ſans doute auſſi

Céder mon droit cette fois-ci.
Mais l'Envie à ces mots exhalant sa colere
          Par un horrible sifflement,
Tu comptes, je le vois, y gagner doublement :
J'aurois beau souhaiter la félicité-même,

          Pourrois-je en goûter la douceur ?
          Je ne sentirois que l'horreur
          D'avoir fait ton bonheur suprême ;
     Connois-moi donc, je défire & je veux
          Perdre un œil pour t'en ôter deux.
Va, souffre, il me suffit, tes maux feront ma joie,
Va, c'est par les douleurs que tu l'emportera,
Je te verrai du moins à l'amertume en proie !

          L'Ambition fut la dupe par-là
          De sa politique profonde ;
Tout-aveugle qu'elle est, elle prétend toujours
          Donner des loix, régler nos jours,
Et ses égaremens font les malheurs du monde.

I X.

LES TAUREAUX ET LE VEAU.

UN Veau dans un détroit voyoit certains Taureaux
    Qui pour chercher un meilleur pâturage
De l'une & l'autre corne écartant les rameaux
A travers des buissons se frayoient un passage :
      Il leur crioit, prenez par-là ,
      Faites ceci , faites cela.
      L'un d'eux en ruminant s'arrête
C'est bien à toi , dit-il, de nous rompre la tête,
Je sçavois tout cela que tu n'étois-pas né.

C'est ainsi que Gros Jean remontre à son Curé.

X.

LE COUCOU ET LE GEAI.

Sur un ormeau dans un lieu folitaire
Maître Coucou s'entretenoit
Avec Maître Geai fon Compere
Qui de la ville revenoit.

Des humains quel eft le langage ?
Quels Chants leur femblent les plus beaux ?
Que difent-ils de nous autres Oifeaux,
Du Roffignol ? Tous vantent fon ramage.
Et de l'Alouette ? On en parle affez bien.
Il me refte à vous faire
Une demande encor, fur tout foyez fincere.
Dans la Cité que dit-on de moi ? Rien.
Quoi, rien ! Rien du tout. Quelle injure !
Je fçaurai me dédommager,
Me venger :
De mon nom déformais rempliffant la nature

Ma voix me tiendra lieu de mille & mille échos;
Je veux être à la fois le chantre & le héros.

X I.

LE POLYHISTOR.

LE plus heureux des Rois en un sens c'est Pluton:
On ne sçauroit gagner tous les gens qu'il emploie,
Fideles, éclairés; double sujet de joie !
    Et pour passer le Phlégéton
    Il ne suffit de quelque ducaton;
    Il faut encor payer de sa personne.
Un jour s'y présenta le Sçavant de Pétronne,
Soyez le bien venu, lui dit Maître Caron
    Appuyé sur son aviron,
    Qui donc êtes-vous, mon cher homme?
Je suis, repartit l'Ombre, un vrai *Polyhistor.*
Je sçai le Grec, l'Hébreu, le Syriaque encor;
Grammairien, Rhéteur, Géomètre, Astronome,
Philosophe, Poëte.... Oui-dà, notre Bourgeois,
Trédame, ce n'est pas une petite affaire
    Que de passer tant de gens à la fois.
               Mais

Mais ce n'est pas non plus un honneur ordinaire,
Je suis le Parangon des Univerfités !

Tandis qu'il détailloit toutes fes qualités,
Et comptoit par fes doigts les différents volumes
Qu'il avoit publiés, fes ouvrages pofthumes,
   Arrive fur les mêmes bords
   Une Ombre fimple en fes manieres :
Son timide maintien, fes modeftes dehors
Faifoient peu préfumer & n'en impofoient gueres.
Le fombre Nautonnier bâille en l'appercevant,
  Quel eft cet autre ? Encor quelque Sçavant !
Ce titre ne m'eft dû, le Monde étoit mon livre,
   Reprit cette Ombre avec douceur,
Et tant que j'ai vécu j'apprenois l'art de vivre.
J'aurois voulu fonder les abîmes du cœur,
Mais qui peut pénétrer toute fa profondeur !
   Le mien qui m'é, aroit fans ceffe
   Ne me prouvoit que trop, hélas,
   Combien je faifois peu de pas
   Dans la route de la fageffe.
L'autre Ombre à ce propos rit fous cape & s'empreffe
De monter fierement dans la barque à Caron,
Qui vous le repouffant à grands coups d'aviron
Retire-toi, dit il, important perfonnage,
        B.

Tu t'ignores toi-même & prétens tout ſçavoir !
Cet homme-ci vaut mieux ; je dois le recevoir,
Il connoît ſa foibleſſe , & partant il eſt ſage.

 Pour des ſçavants & des faiſeurs d'*x* , *x*,
 Des Beaux-Eſprits à face minaudiere
  Qui ſe piquent d'être Phœnix
  Il en vient une fourmilliere :
On ne voit que cela ſur les rives du Stix.
 Un galant-homme eſt mille fois plus rare,
  La Nature en paroît avare.
Grace au Ciel , paſſe encore , en voici pourtant un
  Qui daigne avoir le ſens commun !

X I I.

LE MÉNAGE.

CErtain Gars portoit un ballot,
Il faiſoit long voyage , & ſe plaignit bientôt
Que le Deſtin eût joint aux choſes de la terre
 La peſanteur comme un mal néceſſaire.

Quel fardeau ! difoit-il, je dois faire pitié ;
Qui me délivrera du moins de la moitié ?
Sur le même chemin s'avançoit une fille
     Jeune & gentille,
   Elle cherchoit à chaque pas
   Où pofer fes pieds délicats
   Qu'auroit bleffés le cailloutage :
   Certes c'eût'été grand dommage
   Car elle étoit pleine d'appas.
Les maux du jeune Gars la touchent jufqu'aux larmes,
   Et pour le mieux folatier
Elle prend fur fon dos le fardeau tout entier.
   Ce moment eut pour lui des charmes,
Mais la belle ajouta, je fais beaucoup pour toi,
Sois fenfible à ton tour, tu vois que mon pied tendre
Au milieu des cailloux peut à peine s'étendre,
Je porte ton ballot, c'eft affez que je croi,
   En récompenfe porte-moi.
Elle dit & fe jette au cou du pauvre here,
   Il eut beau dire, il eut beau faire,
Il lui fallut porter deux fardeaux à la fois ;
   Il eft accablé fous le poids.
Que lui fert de fe plaindre ! On l'oblige à fe taire,
Vous fouffrez, & moi donc ? N'eft-ce pas fur mon dos

        B ij

Que de votre ballot pofe toute la maffe ?
Ne fuis-je pas de chair & d'os ?
Plaignez-vous, ah vraiment vous avez bonne grace !

Ecoute, Alin mon ami,
Cet Apologue, il te laffe, il t'ennuie
De fupporter tout-feul le fardeau de la vie ;
Tu veux devenir mari :
Avant d'entrer en ménage
Confidere en homme fage.
Quid valeant humeri,
Je n'en dis pas davantage.

XIII.

LE SONGE.

Timon rêvoit un jour, Timon étoit heureux !
Sorti par la porte d'yvoire
Un Songe combloit tous fes vœux,
Et raffembloit pour lui le Bonheur & la Gloire
Déités dont le charme éblouit tous les yeux,
Et que trop rarement on trouve en mêmes lieux.

Les Miniftres divers du prodigue Morphée
Au logis de Timon répandent maint tréfor
      Changent le chaume en lames d'or,
Et de ruftiques toits en un Palais de Fées.
    Là Monfeigneur paré négligemment
        Au fond d'un vafte appartement
   Sur un fopha refpire l'Ambrofie,
      Tandis que dans la galerie
     Sa Cour humblement fe morfond,
     Et dans un refpect très profond
Soupire après l'inftant de fe voir avilie.
Il voit fes favoris rampants avec orgueil
Efclaves faftueux étaler leurs baffeffes,
Et toujours attentifs mandier un coup d'œil.
Les Belles à l'envi fieres de leurs foibleffes
Briguent (a) l'honneur honteux du rang de fes
               maîtreffes.
Celle dont la rigueur l'a fait fouvent gémir
Le prévient cette fois, la bouche qu'il adore
Le nomme cher amant, lui prouve mieux encore...
    Je laiffe à penfer quel plaifir !

(a) M. de Voltaire dans Zaïre, Sc. I. V. 6i.

Son cœur ne peut le contenir
Et dans ses transports il s'écrie
D'un ton mal assuré, d'une tremblante voix
Que coupent le sommeil, le plaisir à la fois,
Ah Doris... ma Doris... mon bonheur & ma vie !
Tu m'aimes ! Je le vois, je le sens ! A ces mots
Son compagnon de lit s'apperçoit qu'il s'égare,
   Timon, Timon, dit-il, croi-moi,
Ne sois point le jouet d'une vapeur bizarre,
   C'est un songe, réveille-toi.
Cruel, reprit Timon, quelle amitié barbare !
Que de biens à la fois tu viens de m'arracher !
C'étoit le seul bonheur, le seul instant peut-être
   Que je pûsse jamais goûter ;
   On est heureux quand on croit l'être.
Eh qu'importe après tout que la félicité
   Soit l'effet de la vérité,
   Ou bien le fruit d'un doux mensonge !
Les plaisirs sont toujours une réalité,
   Hélas qu'est devenu mon songe !

XIV.

LES VOYAGEURS ET LE VOLEUR.

Deux Voyageurs alloient de compagnie
L'un prônoit ses exploits & nouvel Attila
Il avoit terrassé celui-ci, celui-là ;
C'étoit un jeu pour lui que d'exposer sa vie.
Corbleu, s'écrioit-il, vive le point d'honneur !
Le Duel est charmant, & j'en suis idolâtre,
        Au Pistolet, c'est ma fureur !
Que n'ai-je à cet instant pour comble de bonheur
Un monde d'ennemis ! Vous me verriez combattre.
Comme il disoit ces mots fond sur eux un voleur,
        Aussi-tôt fuit le beau parleur.
        L'autre plus simple en son langage
        N'avoit rien dit de son courage,
        Et sçut le montrer au besoin.
        Le fuyard regardant de loin
Apperçoit le Larron étendu sur la place,
        Cet aspect lui rend son audace,

Et d'un air triomphant il revient fur fes pas ,
Il tire fon coutelas ,
Fait fracas.
Où font-ils ? Me voici ! laiffez , laiffez-moi faire ,
Nous attaquer , le téméraire !
Je lui ferai fentir ce que pefe mon bras.
Eh mon ami , reprit le Camarade ;
Epargnez-vous cette vaine bravade ,
Il n'eft plus temps , Monfieur le fanfaron ,
Le danger démafque un poltron.

Tel dit avoir le cœur d'Achilles
Qui n'en a que les pieds agiles.

X V.

LE JEUNE RENARD.

Les humains à leur tour font de maîtres Renards ,
Ils nous tendent de toutes parts
Des embûches de toute efpece :
Difoit un vieux Renard à fon fils écolier ,
Croi-moi , refte dans le terrier ,

Ton

Ton peu d'expérience allarme ma tendreſſe,
La neige cache un fer prêt à trancher tes jours
Et ces pas imprimés m'annoncent des détours:
J'apperçois un poulet dans cette plaine aride;
C'eſt un piége, mon fils. A cet appât perfide
Reconnois les humains, ce ſont-là de leurs tours:
        Va, ne te laiſſe point ſéduire,
J'ai peine à te quitter dans cette occaſion,
        Il faut que j'aille à la proviſion.
Mon pere y penſe t-il ? Je ſçais trop me conduire !
Mais le voilà parti, que faire en l'attendant ?
Il peut avoir raiſon, je voudrois cependant
        Voir le poulet enfermé dans la cage,
            Le voir & rien davantage,
            Le voir au plus quelques inſtants.
        Je n'en puis craindre aucun dommage,
Je me retirerai lorſqu'il en ſera temps,
        Et certes ce n'eſt point la vûë
                Qui nous tuë.
Il fait d'abord un pas, puis deux, trois... A la fin
Il avance, il arrive à l'embûche couverte,
Leve une patte en l'air, & la poſe incertain
Sur le fer qui s'élance & le perce ſoudain
Au moment qu'il ſe croit éloigné de ſa perte.

                                    C

Ainſi la volupté ſéduit.
J'éviterai, dit-on, ſon atteinte cruelle,
Je ne veux qu'un inſtant badiner avec elle.
Notre penchant nous y conduit ;
On croit en être loin encore
Et l'on ſent dans ſon cœur le trouble qui la ſuit :
On fait les premiers pas, & ſon feu nous dévore,

X V I.

LES SINGES ET LES CHAPEAUX,

Vous poſſédez, Peuples polis,
Des Riens la ſcience profonde :
Vous reſſemblez au Dieu des amours & des ris,
Souvent avec des fleurs vous enchaînez le monde,
Et la Mode à Cuſco ſe regle ſur Paris.
Tandis que des pompons couvrent ſa tête altiere,
Aux Caſtors ajuſtés ſelon notre maniere
Elle ſçait à ſon gré donner un plus grand prix.

Un homme qui cherchoit fortune,
Au Pays où croît l'or la croyant plus commune,

Avec lui fur les mers embarqua maint chapeau
Décoré dans un goût nouveau.
Et déja du Potofe il voyoit le rivage,
Lorfqu'un perfide écueil plus cruel que l'orage
Déchire les flancs du vaiffeau,
Qui livrant à Neptune un amas de victimes
Avec un bruit affreux fe perd dans les abîmes.

L'homme aux chapeaux trifte jouet des vents
Sauve enfin fon ballot fur des débris flottants;
Dans la Cité prochaine il comptoit s'en défaire.
Comme lui fes Caftors ayant bu l'onde amere,
Sur des buiffons il étale au foleil
Tout fon avoir, & va fur la fougere
Se délaffer dans les bras du fommeil.
Mais quelle eft fa furprife, il cherche à fon réveil,
Plus de chapeaux! Les Vols, les Brigandages
Que l'Intérêt introduit parmi nous
Peuvent-ils pénétrer dans des climats fauvages?
Ses yeux du Ciel d'airain accufant le courroux,
Il voit fur le fommet d'un Chêne
Des Singes affublés. Ah vraiment c'eft pour vous
Que j'ai paffé les mers, & des bords de la Seine
J'apporte en ces climats les Caftors les plus doux
Pour des têtes de Singe! il s'arme de cailloux,

C ij

Les lance avec effort fur cette Gent grotefque,
Qui pour le contrefaire avoit mis les chapeaux.
Triomphants par le nombre en ce combat burlefque
Les Singes à leur tour l'accablent de rameaux.
L'un faifit dans les airs une pierre égarée
Et la dirigeant mieux d'une main affurée
Bat l'ennemi commun avec fes propres traits ;
    Secouant le feuillage épais
Un autre au même inftant le couvre de pouffiere
    Et lui dérobe la lumiere ;
    Le Chapelier eft aux abois ,
    Il maudit cent fois fa mifere ,
    Et dans un défefpoir bourgeois
    Il bat du pied , fe mord les doigts
    Et jette fon chapeau par terre.
    Tous les Singes en font autant ;
    Il pleut des chapeaux à l'inftant.

    On n'obtient rien par violence ,
Et fouvent le hazard tient lieu de la prudence,

XVII.

L'ANE ET LES PRÊTRES DE CYBELE.

PHedre déplore le deſtin
D'un Ane qui ſervoit les Prêtres de Cybelé,
Il lui falloit ſoir & matin
Porter la quête. Allons, ſouillez à l'eſcarcelle,
Apportez vos poulets & donnez votre pain,
C'eſt pour la mere de Jupin.
Comptez que la bonne Déeſſe
Pour acquitter notre promeſſe
Au centuple ſçaura vous rendre tous ces biens,
Et nous vous en ferons notre billet ſur l'heure
Payable aux Champs Elyſiens ;
Songez que tôt ou tard c'eſt-là votre demeure,
Et qu'il dépend de vous d'être riche à jamais.
Séduits par ces propos, l'Uſurier, le Corſaire
Ne trouvant ici-bas d'auſſi forts intérêts,
Donnent par avarice & s'empreſſent de faire
Avec Jupiter-même un commerce uſuraire.

C iij

Plus les maîtres d'Aliboron
Reçoivent de préfents , plus la bête de fomme
    Eft furchargée : on l'accable , on l'affomme ,
On fait tant qu'on l'envoie aux bords de l'Achéron.
Il efpéroit au moins que leur haine affouvie
    Alloit finir avec fa vie ,
Il ne connoiffoit pas tout le fiel des dévots :
Ceux-ci de nouveaux coups chargeant toujours fon
        dos ,
Au-de là du trépas pourfuivent leur efclave.
Sur les extrémités d'un Cylindre concave
On ajufte fa peau qu'on tend comme un balon ,
Et l'on y fait encor réfonner le bâton.

Ainfi le fier Tambour inventé par la rage
Dans les champs de Bellone infpire le carnage.

XVIII.

HERCULE REÇU PARMI LES DIEUX.

LA franchise est d'ordinaire
La vertu d'un Militaire.

Hercule à sa réception
Dans la céleste Académie
Complimenta la Compagnie,
Chacun selon son rang & sa distinction
Et surtout selon son mérite ;
De mainte Déité la part fut bien petite :
Il traita mal Plutus & ses suppôts,
Le Dieu héros
Marqua pour eux une horreur peu commune.
Jupiter l'interrompt, parlez-mieux de Plutus,
il est le fils de la Fortune.
Oui, mais il est aussi l'ennemi des vertus,
Il corrompt la nature, il couronne le crime,
En un mot, les méchants ont pour lui de l'estime ;

C iv

C'eſt aſſez , il m'eſt odieux.
Des Monſtres différents auxquels j'ai fait la guerre
L'Intérêt eſt le plus affreux :
Il produit tous les maux qui déſolent la terre.

XIX.

LE ROSSIGNOL ET L'ALOUETTE.

R Oſſignol chantoit un jour
Et par ſon tendre ramage
De tous les lieux d'alentour
Il s'attiroit le ſuffrage.

Les feuilles ſe taiſoient au ſommet du bocage ,
Les feuilles paroiſſoient ſentir !
Les Oiſeaux lui prêtoient une oreille attentive
Et crainte d'interrompre ils n'oſoient applaudir.
De Zéphire enchanté l'haleine étoit captive ;
L'Amante de Céphale au tein toujours vermeil
Demeuroit plus long temps aux portes du Soleil ,
S'éloignant à regret des lieux où Philomele

Répandoit ſes plaiſirs dans la plaine des airs :
Les Dieux-mêmes , les Dieux chériſſent ſes con
certs.
Jaloux de rendre hommage à la jeune Immortelle
L'Amphion des Oiſeaux redoubla ſes efforts ;
    Tantôt ſa voix douce & timide
Filoit des ſons charmants , tantôt vive & rapide
De ſon goſier fécond déployoit les tréſors ,
Et ſe multiplioit dans ſes divins accords.
Que n'auroit-il point fait pour célébrer l'Aurore ?
Il étonne , il ravit & ſe ſurpaſſe encore,
Puis il ſe tait ſoudain. l'Alouette s'approchant,
    Eh bien, d   e en ſon langage,
    On te donne le prix du chant.
      J'y ſouſcris, notre ramage
      Eſt ſans doute bien touchant,
      Mais le tien l'eſt davantage.
    Tu n'as qu'un défaut, c'eſt dommage
    Que tu chantes ſi peu de temps.
Il eſt quatre ſaiſons, & l'on entend à peine
    Philomele quelque ſemaine
    Au retour de chaque Printemps.

Par une critique auſſi vaine

Reprit le Roſſignol , crois-tu m'inquiéter ?
Je chante peu de temps , pourquoi ? Pour mieux
        chanter.

        Si je me tais c'eſt par prudence,
La Nature le veut , j'obéis à ſes loix ,
    Elle commande & j'éleve la voix ,
Elle ordonne , auſſi-tôt je garde le ſilence.
        Eh quoi peux-tu nommer défaut
        Ce qui rend ma gloire plus pure?
        Je m'arrête lorſqu'il le faut ,
        On veut envain forcer nature.

E P I L O G U E.

Vous dont les vers mélodieux
Ont la douceur des ſons de Philomele ,
    Chantez & finiſſez comme elle.
    Par un chef-d'œuvre précieux
Hâtez-vous de borner votre illuſtre carriere :
        Ne rampez point dans la pouſſiere
Après vous être élevé dans les Cieux.

Mais qui peut , dites-vous , retenir un Poëte ?
Le Sçavoir , le Génie embraſſent tous les temps ,
    Pour nous tout âge eſt un Printemps.
  Eh bien ſuivez cette ardeur indiſcrette ,
    Terniſſez ainſi vos ſuccès ,
Et prenez pour Minerve une aveugle folie !
Ou plûtôt imitez le Roſſignol François
    Qui ſe tut après Athalie.

FIN DU PREMIER LIVRE.

LIVRE SECOND.

I.

LE CHATEAU DE CARTES.

 Es Cartes à mon gré sont très-bien
    inventées,
      A mille têtes éventées
On les voit tenir lieu d'esprit & de bon-
    sens.
En occupant les sots elles servent les sages,

Heureux de fe prêter à ces amufements
Et d'éviter par-là cent fades bavardages,
  Les plus cruels des ennuis différents
   Que le Monde tient à fes gages.
Elles fervent encore à de plus doux ufages,
  Amour le fçait ! Les Argus, les Mamans
Autour d'un Quinola s'échauffent, font tapage,
  Tandis que Life & Cléon dans un coin
S'expriment leurs tranfports fans bruit & fans té-
   moin.
Elles font à la fois les plaifirs de tout âge.

Un Enfant qui fortoit à peine du berceau
Déja tenoit un jeu, contemploit la peinture,
Et d'Hector devenu le valet de Carreau
  Il admiroit la bigarure :
Virgile auroit bien dit en voyant ce tableau,
  Quantum mutatus ab illo !
Grands Dieux, combien Hector a changé de figure!
Ah, ce jeu, dit l'Enfant, m'offre un plaifir nou-
   veau,
Voilà des fondements, je puis faire un Château,
Il arrange, il difpofe, il fait un triple étage
Et n'a garde fur tout d'oublier le donjon.

Mais le Zéphir jaloux renverse tout l'ouvrage.
Il releve en pleurant tous ces murs de carton,
Puis essuyant ses pleurs & reprenant courage,
Il fait de ces débris un autre pavillon.
Table, ne bougez pas, allons, soyez bien sage,
  Obéissez, vous aurez du bonbon :
Il avoit de sa mere emprunté ce langage.
Le Marmot voit enfin le fragile Palais
Subsister cette fois, combler tous ses souhaits.
Age heureux où des riens font le bonheur supré-
   me !
Mais bientôt se lassant de l'admirer toujours,
Il change de caprice & le détruit lui-même.

   L'homme est enfant dans ses amours,
   Qu'on le traverse, il se désole,
   Qu'il soit heureux, l'Amour s'envole.

I I.

Le Milan et les Pigeons.

Se fier aux méchants, c'est courir à sa perte ;
Phedre à qui nous devons ce précepte important
Prouve aussi que la ruse obtient en un instant
    Ce que n'a pu la force ouverte.

    Un jour Milan-Caligula
    Au bec retors, à la langue dorée,
Poursuivoit les Pigeons dans la plaine éthérée
Et ne pouvant les joindre, en ces mots leur parla.
Malheureux, quoi toujours vivre ainsi dans la transe,
Et ne jamais manger un grain en assurance !
Arrêtez, arrêtez, vous me faites pitié,
Et je vous tens la serre en signe d'amitié.
Tandis que vous pourriez être toujours tranquilles,
Et la terre & les airs n'ont point pour vous d'asyles!
Ne feriez-vous pas mieux si vous m'étiez soumis ?
Je livrerois bataille à tous vos ennemis,
Vous jouïriez par-là d'une paix assurée :

                  Seul

LIVRE SECOND. 41

Seul j'en aurois les foins, vous en auriez les fruits,
Autrement vous ferez tôt ou tard ma curée.
Le Papelard fut cru, grand-merci lui dit-on ;
    En Monarque il fit fon entrée
Dans Colombapolis, & le Peuple Pigeon
Lui remit aufli-tôt la fuprême puiffance ;
    Sire Milan premier du nom
    Vous les croqua pour récompenfe.

III.

LE SAVETIER-MÉDECIN.

UN homme tel que moi, difoit un Savetier,
Peut-il être réduit à faire un tel métier
    Et confiné dans un village
Jeuner bon-gré, mal-gré, n'avoir pour tout potage
    Que des oignons & du pain bis,
    Et toujours boire de l'eau claire ?
Vivent les Médecins ! ils font toujours grand-chere,
Ils fablent à plaifir les vins les plus exquis,
    Et le Bourgogne & le Champagne !
Les Ortolans leur tombent tout-rotis,

                                        D³

Tout l'Univers pour eux eſt pays de Cocagne.

   Mais quoi, n'en puis-je faire autant ?

Faut-il tant de façons ? Ces manants n'ont perſonne

Qui les traite en leurs maux, ils guériſſent pour-

    tant ;

La Nature y pourvoit, la Recepte en eſt bonne :

Comptant ſur ſon ſecours bien plus certain que

   l'Art,

Faiſons-nous Médecins, ordonnons au hazard,

   S'il arrive aux uns mal encombre

   Que m'importe ? Dans le grand nombre

Pluſieurs ſe guériront, j'en aurai tout l'honneur

Et le profit, je ſçais mon Rudiment par cœur,

On eſt ſçavant à moins dans le ſiécle où nous ſommes :

Le talent le plus mince & d'un rapport meilleur

   Eſt celui de tromper les hommes.

   Il dit & troque ſes outils

   Contre une Robe à cent replis,

   Une perruque à triple étage

   Et pour completter l'équipage

   La barbe de Termoſiris.

   Il change d'état, de patrie,

   Vient à la ville, & prend un nom

   Qui ſonne haut ; Pharmacopon

Neveu du grand Bombast & natif d'Arménie,
  Poſſeſſeur du grand Arcanum,
  Bref il donne maint Galbanum.
 Je viens, Meſſieurs, vous conſerver la vie ;
  Bien différent de ces Opérateurs,
Vendeurs d'Orviétan, inſignes impoſteurs
  Qu'un intérêt ſordide anime,
Je n'aſpire, Meſſieurs, qu'à gagner votre eſtime
Et ne veux que le bien de la ſociété.
  Voici l'Elixir de ſanté,
  Il m'a fallu pour former ſa ſubſtance
Des plus riches métaux prendre la quinteſſence
  Et fondre ſaphirs & rubis,
  Je le cede pour ce qu'il coute ;
C'eſt dire tout au juſte un Louis chaque goute,
  Aux pauvres j'en donne gratis
  Sur un *visà parentis*
  Qui conſtate leur indigence.
L'honnête homme, dit-on, Dieu ſoit ſa récom-
  penſe,
  Et le reçoive en Paradis :
  Mais voyez qu'il eſt charitable,
  Donner gratis de l'or potable !

 Tout arriva comme il l'avoit prévu,
       D ij

Son nom remplit la ville & bientôt la Province ;
Et toujours par degrés paſſe du Peuple au Prince.
    Depuis long temps un mal de qualité,
La Goute dans un lit tenoit Sa Majeſté.
Les Docteurs de l'Etat avoient ſur ſa perſonne
Epuiſé vainement toute la Faculté ;
        Il eût donné pour la ſanté
        Tous les joyaux de la Couronne,
        Car il vaut mieux tout bien compté
Etre un Berger diſpos qu'un Monarque alité.
        Pour mainte cure peu commune
        Pharmacopon fut exalté ;
        Par les Courtiſans invité
        Il voulut tenter la Fortune,
        Perſuadé qu'elle pourroit
        Guérir un Roi comme un autre homme,
        Ou que toute la faute en ſomme
        Sur elle au moins retomberoit.

        Il ſe trompa dans ſon ſyſtême :
        Heureux cent fois le Diadême,
Si toujours l'œil des Rois comme celui des Dieux
Sçavoit percer des cœurs les replis tortueux,
        Le Prince vit le ſtratagême.
Vous avez, dites-vous, un Antidote exquis,

Eh bien nous en ferons l'épreuve fur vous-même.
Le Roi des Elixirs va montrer tout fon prix ,
J'ai celui des poifons. On apporte un grand verre
     Rempli , dit-on , de jus d'Afpic ,
Le fucre travefti prend le nom d'arfenic.

     A cet afpect tombe par terre
Le fourbe démafqué ; tremblant , faifi d'efroi ,
Il implore à genoux la clémence du Roi ,
     Et racontant toute fon aventure
Demande feulement qu'on lui laiffe le jour.

Le Monarque auffi-tôt fe tournant vers fa Cour,
     Meffieurs , dit-il , vous voyez l'impofture ,
Votre aveugle croyance a fçu la furpaffer.
     Humains , quelle eft votre folie !
Vous ne le trouviez pas digne de vous chauffer ,
Et vous lui confiez le foin de votre vie.

I V.

LES DEUX CHEVAUX.

J'Ai lu dans maint auteur qu'un Cheval de Cha-
noine,
Auſſi gras que ſon maître, auſſi bien empâté,
Caracolant en liberté,
Las de loiſir, raſſaſié d'avoine,
Un jour apperçut dans les champs
Roſſinante réduit à traîner la chatuë
Depuis l'extinction des Chevaliers errants,
Roſſinante toujours faiſant le pied de Gruë
Allant au plus le pas, mais toujours travaillant,
D'un pauvre Laboureur compagnon diligent,
Au ſurplus décharné, morne, défait, en ſomme
Vrai Squelette ambulant, plus maigre qu'un phan-
tôme.
Le Bucéphale altier l'aborde en henniſſant,
Regarde-moi, dit-il, tu vois mon encolure,
Quand pourras-tu jamais avoir auſſi bon air?

Qu'as-tu donc fait à Jupiter ?
Que je te plains, chétive créature !
Tu n'exiftes qu'à peine, & tu n'as que les os.
Roffinante répond, fans moi, fans mes travaux,
Où prendrois-tu le grain qui nourrit ta parefle ?
Si je ne cultivois fans cefle
La terre qui te porte, inutile fardeau,
Tu n'aurois pas même la peau.

Illuftres Fainéants, inftruits par cette Fable
Ne vous aveuglez point dans la profpérité ;
Le Peuple induftrieux vous paroît méprifable
Votre orgueil eft fondé fur fon activité.
Que feriez-vous fans lui, vous & vos équipages,
Vos Perroquets, vos Chevaux, & vos Pages ?
Et de quoi ferviroient la Pourpre & les Faifceaux,
Si l'on n'avoit point de Vaffaux ?

V.

LE TRÉSOR.

UN Vieillard qui touchoit à fon heure dernière
        Appella fon fils , fon cher fils ,
Approchez-vous , dit-il , embraffez votre pere ,
        Vous voyez l'état où je fuis ,
Il eft temps de vous dire un fecret qui vous touche,
        Sur votre fort n'ayez aucun fouci ,
Je poffede un tréfor , écoutez-bien ceci ,
        Il eft.... La Mort vint lui fermer la bouche.
Le fils pleura de refte , il perdoit doublement !
        Et dès qu'il eut pleuré fuffifament ;
Dans la maifon des champs , dans celle de la ville
Il fit creufer par tout ; par tout peine inutile.
Ce ne fut pas fans frais , on n'omit aucun trou ,
        Il en devenoit prefque fou.
    Mais que réfoudre en fa douleur profonde ?
Se pendre pour l'aller chercher dans l'autre monde ,
La chofe méritoit que l'on y réfléchit.
    Comme il rêvoit à fa mauvaife étoile ,

                                              Ne

Ne fçachant plus que faire il lui vint dans l'efprit
  De lever une fimple toile
  Qui couvroit le chevet d'un lit.
  Là , fans remuer Ciel & Terre,
  Il rencontre enfin le tréfor.

  La Vérité plus prétieufe encor
Eſt couverte à nos yeux d'une gaze légere ,
  Mais vainement on fe morfond
Quand on veut la tirer du puits le plus profond ,
Et fa fimplicité rend nos recherches vaines.
Comme elle vaut beaucoup , comme elle a mille
    appas ,
On penfe qu'elle doit nous coûter mille peines ;
On y touchoit fouvent qu'on la cherche à cent
    pas.

E

V I.

L'AIGLE, LE VAUTOUR
ET LES OISONS.

APrès avoir dompté ses ennemis divers,
L'Aigle avoit rétabli le calme dans les airs.
Ses vertus le rendoient digne de sa naissance,
    Et par les chants
    Les plus touchants
Les Cygnes à l'envi célébroient sa puissance,
Sa valeur, sa justice & surtout sa clémence.
   Mais les Oisons sur des tons discordants
Oserent s'exhaler en propos imprudents
   Contre l'Oiseau qui s'arme du Tonnerre :
C'étoit injustement qu'il avoit fait la guerre,
    Et s'il avoit donné la paix
    C'étoit par crainte ou par foiblesse ;
    En un mot, cette vile espece
Lui reprochoit jusques à ses bienfaits.
    Cependant du haut de son trône,

L'Aigle entendit leurs cris : l'impétueux Vautour
     Grand Chambellan de la Couronne,
  A leurs dépens cherche à faire sa Cour.
Sire, le Peuple Oison, dit-il, né dans la poudre
Seroit trop honoré de périr par la foudre.
Laissez-moi les punir de leur témérité
     Et venger votre Majesté.
    Parlez & je fonds sur ma proie,
      Je sçaurai les attacher
      Sur le sommet d'un rocher,
Comme au fils de Japet leur dévorer le foie,
Et rassembler pour eux tous les maux de l'Enfer.
Cet excès de rigueur, ces cruelles tortures,
     Répond l'Oiseau de Jupiter,
Donneroient de l'éclat à leurs plaintes obscures.
    Je puis sévir, mais je suis Roi ;
      Et je fais grace
      A leur audace
    Puisqu'ils n'ont offensé que moi.
    Mes droits les plus respectables
    Et les plus chers à mes yeux
Sont de pouvoir épargner les coupables.
Je ne porte le foudre allumé dans les Cieux
Que pour être l'appui de la foible innocence ;
             E ij

J'ai rempli mes devoirs : les Miniſtres des Dieux
Sont au-deſſus de la vengeance.

VII.

LE CIRON ET L'ELÉPHANT.

SE flatter vainement d'obliger tout le monde,
Des petits importants c'eſt le commun travers ;
  A peine la machine ronde
Suffiroit à payer leurs ſervices divers.

  L'Eléphant paré de guirlandes
A la Mecque portoit les plus riches offrandes :
  Perché ſur l'animal altier
Un Ciron ſe croyoit à ſon tour un coloſſe,
Auſſi fier qu'un Laquais devenu Sousfermier
Pour la premiere fois traîné dans un caroſſe.
    Mais cet inſecte n'avoit point
    L'ame d'airain, le cœur de pierre ;
Il n'étoit en un mot Financier de tout point.
Voyant dans un détroit ramer comme un Corſaire

Le Pélerin de Mahomet,
Messer le Ciron se promet
Qu'il sçaura le tirer d'affaire.
Pauvre Eléphant, dit-il, tu souffres, je le voi,
Sous le poids de mon Excellence !
Je puis te délivrer d'un fardeau d'importance,
Et c'est un trait digne de moi.
Il descend aussi-tôt & partout se récrie
Que l'Eléphant lui doit la vie.

VIII.

LE MALADE ET LES TOMBEAUX.

Sur le corps d'un Villageois
L'affreuse Paralysie
De sa main appesantie
Laissoit tomber tout le poids.
Malgré la Pharmacopée
Qui redoubloit ses terreurs,
Il éprouvoit les horreurs
D'une mort anticipée :

E iij

Par dégrés au noir bercail
Lycas se voyoit descendre,
Et sans pouvoir s'en défendre,
Il expiroit en détail.
Sentant que la Liturgie
Des Dieux de la Faculté
Ne rendoit point la santé,
Il implora la Magie.
Eh que n'a-t-on point tenté
Pour chasser la maladie ?
Demain, lui dit Canidie,
Quand le Coq aura chanté,
Va sur la tombe arrosée
D'un humain chéri des Cieux,
Et reçois-y la rosée,
Ce puissant bienfait des Dieux.
En faveur d'une Ombre pie,
Ils soulageront tes maux,
Et dans le sein des Tombeaux
Tu retrouveras la vie.

Qui ne connoît le pouvoir
De la crainte & de l'espoir ?
Lycas en crut la sorciere ;

Et dès le Soleil Levant
Il fut dans un Cimetiere
De son cadavre vivant
Traîner la dépouille entiere.
Il y voit en arrivant
Un superbe Mausolée,
La Vertu-même voilée
Gémissant sur un cercueil :
Les Graces portoient le deuil,
Et les Amours en allarmes
Tenoient un casque & des armes
Qu'ils sembloient baigner de pleurs.
Et par un travail de Fées,
Jusqu'aux plus brillants Trophées
Tout respiroit les douleurs.
Le ciseau de Praxitele
Avoit sçu graver encor
Sur le Marbre en lettres d'or
Cette Epitaphe immortelle.

Cy GIT Très-Haut & Très-Puissant Seigneur

ILLUSTRISSIME,

EXCELLENTISSIME,

M. M.

N. N. N. N. N.

Prince , Comte , Baron , Viceroi , Gouverneur.
Très-Beau ! Très-Grand ! Très-Bon ! Possédant en
partage
Les qualités du corps , de l'esprit , & du cœur ,
Des dons les plus parfaits très-parfait assemblage !
Vainqueur toujours humain ! Vertueux à la Cour !
Sa valeur égaloit sa piété profonde !
Seul il fut à la fois la merveille , l'amour ,
La gloire , la terreur , & l'exemple du Monde.

En lifant ces mots pompeux,
Le Malade tout-joyeux
Promet plus d'une Hécatombe ;
Un Dieu, dit-il, par la main,
Pour réparer mon deftin,
M'a conduit fur cette Tombe.
Mais il y recueille en vain
Les pleurs de la jeune Aurore
Et ne peut trouver la fin
Du tourment qui le dévore.
Lycas gémit & déplore
Ces monuments où l'Orgueil
Triomphant de la Mort-même,
Fait dans la nuit du cercueil
Briller la grandeur fuprême.

Se retirant à l'écart,
Il apperçoit par hazard
Une fimple Sépulture,
Aride & trifte monceau,
Et quelques brins de verdure,
Dont à regret la Nature
Environnoit un Tombeau.
Là, notre Paralytique

Réfolu de tout tenter,
De cette reffource unique
Songe encore à profiter.
Que l'on juge de fa joie !
Il fent renaître fon corps ;
Le Sentiment s'y déploie,
En ranime les reffotts ,
Et va réveiller la Vie
Dans des membres demi-morts.
Auffitôt il fe récrie
Eh quoi nulle infcription
Ne peut m'apprendre le nom
De cet humain que j'implore !
Dieux , que ne lui dois-je pas ?
Et dans l'ombre du trépas
Il eft bienfaifant encore !
Mes mains à chaque Printemps
Des prémices de nos champs
Orneront fa Sépulture ,
Sur un Autel de verdure
Les fleurs feront mon encens.
Mais j'apperçois un Druide ,
Ah , de grace , dites-moi ,
Quelle Ombre en ces lieux réfide ?

Il recule avec effroi :
Craignez la foudre céleste ,
Fuyez le Tombeau funeste
D'un mortel audacieux.
Dans le féjour du Tonnerre
Ses regards portoient l'Equerre,
Son efprit plus orgueilleux
Dans fes erreurs infenfées
Soumettoit à fes penfées
Les décrets-mêmes des Dieux.
Sa mifere vagabonde
Se plaifoit loin des Cités ,
Et cet ennemi du Monde
Cherchoit les bois écartés.
C'étoit un homme à fyftème,
Son nom.... J'en frémis déja !
Il faifoit des Opéra ,
Son nom feroit un blafphême.

IX.

LE FRERE ET LA SŒUR.

LE bon eſt toujours aſſez beau.

Du plus aimable Jouvenceau
Les Graces étoient le partage ;
Il ignoroit encor ce brillant avantage.
Pour compagne ordinaire il avoit une ſœur,
De ſon âge à peu près, mais laide à faire peur :
Nature en les formant ſembloit s'être trompée,
Elle avoit du Garçon fait une Déjopée.
Tous deux en ſe jouant trouverent un miroir ;
Le nouvel Adonis prend plaiſir à ſe voir.
Regardez, ma ſœur, je vous prie,
Les belles dents, les beaux yeux que voilà !
L'éloge ne prit point ; ſur ce chapitre-là
Fillette, comme on ſçait, n'entend pas raillerie.
Celle-ci s'alla plaindre à l'auteur de ſes jours ;
Et pour le mieux toucher, aux pleurs elle a recours,
En ſanglottant elle accuſe ſon frere

D'avoir oſé d'un miroir ſe ſaiſir
A la Toilette de leur mere.
Un Garçon, quel forfait ! Mais loin de l'en punir,
Le pere avec bonté termine leur querelle.
Mes enfants, conſultez cette glace fidele,
Profitez des leçons qu'elle peut vous offrir :
Apprenez-y, mon fils, à ſurpaſſer encore
      La beauté qui vous décore
En ornant votre eſprit, en formant votre cœur.
Vous, ma fille, cherchez d'autres moyens de plaire,
      Et qu'un aimable caractere
      Faſſe oublier votre laideur.

X.

LE PAYS DES BOITEUX.

Non loin des plages renommées,
  Où jadis Maître Gulliver
Rencontroit tour à tour des Géants, des Pigmées,
  Il eſt une Iſle où le bel air,
  Le ton du jour, la mode, c'eſt tout dire,
  Eſt de marcher clopin clopant ;

On apprend à boiter comme on apprend à lire :
Chez nous c'eſt un défaut , & là c'eſt un talent ;
Qui boite le plus bas paſſe pour plus galant.

      On raconte qu'un Maître Sire
Aux jambes de Vulcain avoit dans cet Empire
Fait de ſon ridicule une rare beauté ;
Chacun voulut marcher comme Sa Majeſté ,
Etre Singe des Rois, ordinaire manie !
Ces Peuples vont depuis & par bonds & par ſauts ;
Dans des ſens différents tous ces pas inégaux
    Ont à leurs yeux une grace infinie ,
Ils ne connoiſſent point de ſpectacles plus beaux.

Un François ſur ces bords jetté par les tempêtes,
Fut frappé tout à coup de ces objets nouveaux ;
Les ſottes gens, dit il, mais pour moi quelles fêtes !
    Que je vais faire de conquêtes !
Je l'emporte aiſément ſur de pareils rivaux.
    J'apperçois certaine amoureuſe
    Charmante à la démarche près ,
    Eh qu'importe ? Vénus boiteuſe
    Auroit encore mille attraits !
Allons , donnons dans les yeux de la Belle.
Je ſuis en arrivant la perle du Pays :
    Tous me prendront pour le Berger Paris ,

Les femmes pour amant, les hommes pour modele.
Il dit, & fierement se met à marcher droit,
Le corps bien effacé, la jambe bien tendue.
Mais quelle est sa surprise ! On le berne, on le huë,
  On éclate, on le montre au doigt.
Admirez, disoit-on, sa démarche étrangere,
Il faudroit le mener encore à la lisiere !
Qu'avez-vous, reprit-il, je marche comme on doit,
Et c'est vous qui boitez, qui méritez qu'on rie,
  Et qui donnez la Comédie.
Imitez-moi plûtôt & redressez vos torts.
Les éclats à ces mots ne furent que plus forts.

La Coutume fait tout, c'est une Enchanteresse
Qui transforme en vertus les défauts les plus grands.
Combien de préjugés forts par notre foiblesse
  S'emparent de nos premiers ans
Et jettent dans nos cœurs leur racine profonde,
Pour les en arracher on fait un vain effort ;
  Vouloir prouver que tout le monde a tort
  C'est à la fois révolter tout le monde.
Quel peut être le fruit d'un soin si dangereux ?
Sans détromper personne on se rend odieux.
Raisonner chez les fous, ce n'est pas être sage ;
Vous qui voulez partout trouver un sort heureux,

Selon les temps felon les lieux
Changez d'allure & de langage.

X I.

LE ROSSIGNOL ET LE COUCOU.

Après avoir charmé Dryades & Sylvains,
Le Roffignol voulut connoître
Ce que fes chants pourroient fur les humains:
Attroupés à l'ombre d'un hêtre,
Des Enfants folâtroient dans des vallons voifins.
Philomele & fes chants ne fçauroient les diftraire,
Tout eft perdu pour eux & Béquarre & Bémol,
Mais le Coucou commence, & la troupe de faire
Coucou, Coucou! Tu vois, dit-il au Roffignol,
Que l'on met entre nous affez de différence.
Oferois-tu prétendre à la rivalité?
Ah felon ces Meffieurs je crois fans vanité,
Que j'aurois quelque préférence.
Surviennent là-deffus Corilas & Philis,
Amants comme on l'étoit jadis.
Vainement le Coucou fredonne;

On

On les voit peu touchés de fa voix monotone.
  Mais dès que l'air harmonieux
  Fut animé des fons de Philomele,
   Auffi-tôt le couple amoureux
S'intéreffe, s'émeut & foupire avec elle.
On dit, & je l'ai lu dans un Auteur fidele,
Qu'une larme échappée à la tendre Philis,
En tombant fur un tein de Rofes & de Lys,
  Rendit encor la Bergere plus belle.

Vous qui vous étonnez de voir Philis en pleurs,
Lorfque du Roffignol elle entend les ramages;
  Vous ignorez les plaifirs enchanteurs
Et ne méritez point d'habiter les bocages.

   Mais les Amants font connoiffeurs;
   Le Dieu-même de la tendreffe
Applaudit Philomele & fa tendre chanfon;
Il dédaigna l'Oifeau qui babille fans ceffe
   Et ne forme jamais qu'un fon,
Oh qu'il eft parmi nous d'Oifeaux de cette efpece?
   Apprens, Maître Caufeur,
Dit alors au Coucou le Chantre des feuillâges,
Qu'il ne faut point compter mais pefer les fuffrages,
Et pour être touché qu'il faut avoir un cœur:

        F

La Multitude te préfere,
Que m'importent ses sentiments ?
Une larme de Bergere
Vaut mille applaudissements.

XII.

LES SAUVAGES ET L'ARBRE
A FRUITS.

CErtain Arbre au Pérou portoit des pommes d'or,
On le couvoit des yeux, c'étoit un vrai trésor.
Une jeune Sauvage à l'échelle grimpée
Les cueilloit doucement avec précaution,
Sans casser un rameau, sans froisser un bouton :
Mais elle étoit ainsi plusieurs jours occupée.
A quoi s'amuse-là cette jeune Poupée ?
Dit Gros-Jean l'Iroquois, servons-nous d'un bâton,
Et nous aurons tout fait en moins d'une journée.
Puis s'admirant lui-même il ajoute à l'instant,
Mes Amis, croyez-moi, le bâton est trop lent,
          Faisons mieux, prenons la coignée,
Le profit doublera, nous aurons à la fois

Et le tronc & les fruits. C'est bien dit, mon Compere,
  Nous gagnerons & du temps & du bois.
Sous les coups redoublés du stupide Iroquois,
L'Arbre semble gémir & plaindre sa misere,
C'est envain, les ingrats le rasent terre à terre.
Tout alla bien l'Hyver, on s'en chauffa d'autant.
   Mais dès que l'Amant de Pomone
Eût parfumé les airs & préparé l'Automne,
Chacun ouvrit les yeux, chacun fut moins content ;
   Et sur ce qui restoit encore
De cet Arbre si beau, si fertile autrefois,
   On ne vit point de fleurs éclorre.
On comprit le travers de Gros-Jean le Démote,
Il fut tout-le premier à s'en mordre les doigts.

L'Arbre, (a) c'est quelquefois une pauvre Province,
   Les Sauvages, tel ou tel Prince,
  Un Chiaou-Chérif, un Cacique, un Inca,
  Ou l'Empereur du Monopotapa.

_____

(a) M. de la Fontaine Fable XIII. Livre I. Vers
7. & 8.

XIII.

LA VIEILLE ET LA BOUTEILLE,

LA Veuve du Docteur Grégoire
De cet Epoux fameux soutint long-temps la gloire :
 Elle parcourut maint Pays,
Non pour y retrouver les traces de l'Histoire,
Mais bien pour y goûter les vins les plus exquis,
 Non pour s'instruire, mais pour boire.
 Un Philosophe Citadin
Lui faisoit regarder les Arts avec dédain,
Comme chose funeste & pire que l'eau claire ;
Elle avoit retenu ce conseil salutaire
Et dans le Monde entier n'estimoit que le vin.
Le hazard lui présente une simple bouteille
Qui respiroit encor le parfum de la treille.
 En savourant cette odeur à longs traits,
 Elle soupire & se récrie,
Vous êtes vuide, hélas, ô Bouteille ma Mie,
 Et vous avez encore tant d'attraits !

Ah, Dieux ! fi vous étiez remplie
Vous charmeriez à la fois tous mes fens.

Ainfi de frivoles Ouvrages
De maint Lecteur oifif rempliffent les moments ;
S'ils ne renfermoient point des fons vuides de fens
Ils obtiendroient tous les fuffrages.

X I V.

LE CHIEN ET LE CROCODILE.

DEs plus vils animaux l'Egypte a fait des Dieux,
Efope n'en fait que des hommes.
Mais les Chats que Memphis voulut placer aux Cieux,
Sans doute n'étoient point dans ces temps précieux,
Tels que nous les voyons dans le fiécle où nous
fommes :
Ils diftinguoient leurs gens, égratignoient toujours
Les perfides amis, les Courtifans volages,
Et faifoient patte de velours
A Bias, à Thalès, furtout à Séfoftris :
Un Roi jufte vaut tous les Sages !

Les Chiens de ces temps-là compagnons d'Anubis
Partageoient à la fois ses talents & sa gloire.
Un trait de leur prudence est digne de mémoire,
      On les vit sur les bords du Nil
      Au même instant courir & boire
      Pour éviter le Crocodil.
      Phedre l'a dit, on peut l'en croire,
Et si ce n'est assez d'un Auteur fabuleux,
Je puis citer encor le Pere de l'Histoire.

      Un de ces Levriers fameux
      Se défaltéroit dans sa route,
Un Crocodile adroit qu'il mettoit en déroute
      Lui dit, jouant les yeux dévots :
      Dom Levrier, que votre Seigneurie
      Se tourmente mal à propos !
Reposez-vous sur la rive fleurie,
      Courir si fort dans ces temps chauds,
C'est exposer vos jours, buvez sans vous contraindre.
Mais le buveur agile, alors doublant le pas :
Un ennemi flatteur n'en est que plus à craindre,
      Crois-moi, cherche un autre repas.

X V.

L'ABEILLE ET LA POULE.

QUe fais-tu? Rien du tout; tu perds tous les
    instants,
  Difoit la Poule nonchalante,
  Abeille, vrai Roger-Bon-Temps,
  Ta diligence négligente
  N'a pour objet que le plaifir.
Va, refpire à ton gré les parfums de la Rofe,
Plane fur l'Anémone, ou fur l'Œillet repofe;
Ce n'eft pas un emploi difficile à remplir:
J'en ferois bien autant fi j'étois à ta place.
  Réjouïs-toi, grand bien te fafle,
  Et tu le peux, grace à mes foins:
L'Homme de ton fecours fçait fe paffer encore,
  Il fuffit que pour fes befoins
Je ponde chaque jour au lever de l'Aurore.
L'Abeille repartit, pourquoi m'injurier?
Tu ne me connois pas & veux m'apprétier!
Mais tu fais plus de bruit & non pas plus d'ouvrage!

A quoi bon clabauder, jafer autant que neuf,
Clapir, s'égofiller, & le tout pour un œuf?
    Je hais le fafte & l'étalage,
    La Ruche parle affez pour moi;
Elle montre combien je l'emporte fur toi.
Mon travail aux humains eft-il moins néceffaire?
Je compofe pour eux & la cire & le miel,
    Je les nourris, je les éclaire.
Ce n'eft pas tout encore, & j'ai reçu du Ciel
    De quoi punir tout Cenfeur téméraire;
    Crains l'aiguillon, laiffe-moi vivre en paix.
        Cet avis étoit falutaire,
        Il rabattit tous les caquets.

XVI.

LE LION ÉQUITABLE.

Sur le corps d'un Taureau défait par fa valeur,
Un Lion généreux repofoit en vainqueur,
    Et fecouant fa fuperbe criniere,
        Il triomphoit à fa maniere.
Un Brigand attiré par l'efpoir du butin,

N'ofant

N'ofant le difputer les armes à la main,
 Pria Sa Majefté Lionne
  De lui donner quelque part du Taureau :
Qu'il s'en contenteroit, ne fut-ce que la peau.
  Tu prens trop fans que l'on te donne,
  Je n'aime point à faire des préfents
   Aux Brigands.
Celui-ci s'en alla chercher ailleurs fa proie,
  Mais un Voyageur ingénu
Paffa près du Lion, & l'ayant apperçu,
  Il alloit prendre une autre voie ;
Raffurez-vous, lui dit le Monarque des bois,
Acceptez du butin la meilleure partie,
  Et que le prix de mes exploits
Soit encore celui de votre modeftie.

On ne peut trop louer le Roi des Animaux :
L'Homme eft moins équitable, & les Vertus timides
Produifent rarement d'illuftres Commenfaux ;
  Les Courtifans les plus avides
  Ont toujours les meilleurs morceaux.

G

XVII.

L'ARAIGNÉE ET LE VER-A-SOIE.

Meprifable jouet d'un Orgueil imbécille,
Autrefois Arachné penfant que d'un lambris
   Sa toile rehauffoit le prix,
   Du haut de fon Trône fragile
Laiffoit tomber à peine un regard dédaigneux,
   Sur le Vermiffeau précieux
  Dont l'Art fécond transforme le feuillage
En un fil qui de l'or préfentant les couleurs,
Prend au gré des Humains les nuances des fleurs.
De grace ; lui dit-il, quel peut être l'ufage
Des Cercles déliés & des Rayons divers
Qu'avec tant de travail vous tracez dans les airs ?
   Sans doute qu'un fi grand ouvrage
   Doit être utile à l'Univers !
Ignorant, ignorant, ofes-tu me diftraire ?
   Dit Arachné d'un ton colere ,
Je transmets mon adreffe à la Poftérité,
Reconnois mon objet, c'eft l'Immortalité,

Comme elle finiſſoit , Suzon la Chambriere,
  Détruit à coups de balais
  Et la toile & l'ouvriere,
  Et ſes ſuperbes projets,
  Et ſon Temple de Mémoire.
  En même temps au Vermiſſeau
Elle a ſoin de fournir un aliment nouveau.
La Nature qu'il ſert le deſtine à la gloire :
  Quand il a filé ſon tombeau,
Véritable Phœnix il renaît de ſa cendre
Et d'un nouvel eſſor ſavourant les plaiſirs ,
Va diſputer la Roſe aux baiſers des Zéphirs.

  Cette Fable doit nous apprendre
Que le prix des Beaux-Arts eſt dans l'utilité ,
Si l'on chérit les fleurs que leur main ſçait ré-
    pandre,
  C'eſt pour orner la Vérité.

XVIII.

ASTRÉE ET LA TROMPETTE,

LE Ciel touché des malheurs de la Terre
Sur un Trône d'azur fit defcendre la Paix ;
Par de juftes rigueurs fignalant fes bienfaits,
On la vit défarmer la Difcorde & la Guerre.
Un Bûcher, qu'à fa voix allume le Tonnerre,
S'apprête à dévorer les Inftruments cruels
Qu'avoient ofé forger les aveugles Mortels :
Déja le Glaive altier, le fanglant Cimeterre
Frémiffants dans la flamme expiroient en Héros,
        Lorfque la plaintive Trompette
Avec un fon perçant fit entendre ces mots.
J'en attefte les Airs, vous le fçavez, Echos,
        J'ai fouvent fonné la retraite ;
Ne me confondez point, Déeffe, dans le rang
        De ces Armes toujours finiftres,
De la Mort & de Mars implacables Miniftres,
        Qui ne refpirent que le fang.

Non, tu n'en répans point, mais tu le fais répandre :
Les Combats, les Affauts par ta voix excités,
Déchirent les Humains, renverfent les Cités,
    Et mettent l'Univers en cendre.
Voilà de tes accents les funeftes effets !
Et coupable à mes yeux de ces divers forfaits,
Tu dois les expier par les mêmes fupplices :
Exciter les Méchants, c'eft le plus grand des vices.

XIX.

LE LOUP, LE CERF
ET LA BREBIS.

L E Cerf réfolu d'emprunter,
A la Brebis donna la préférence
   Et la voyant héfiter
Lui dit, ne craignez rien, pour plus grande affu-
      rance
   Le Loup fera ma caution.
Oui-dà le Loup, vraiment il eft fort bon !
Il prend tout ce qu'il trouve & s'enfuit fans trompette

Et vous fendez les airs comme un trait d'arbalête :
Héros aux pieds légers, vrais Chevaliers errants,
　　　Lorsque sera venu le temps
　　　Où vous aurez promis de rendre,
Dites-moi, s'il vous plaît, où je pourrai vous
　　　　　prendre ?
　　Nous vous ferons notre billet d'honneur,
　　　Dans deux Mois payable au porteur,
　　　Sous un Tilleul ou sous un Chêne,
　　A votre choix, dans la forêt prochaine.
　　　Fort bien, & là votre garant
　　　Messire Loup me dévorant,
　　D'un coup de dent se donneroit quittance.
Vous adresser à moi, c'est de Votre Eminence
　　　Une singuliere faveur :
　　　Mais j'en pairois la folle enchere ;
　　　Et vous êtes trop grand Seigneur
　　　Pour que je fasse votre affaire.

X X.

L'OURS QUI DANSE.

UN Ours dont le Deſtin avoit fait un danſeur,
Mais qui n'en étoit pas moins Ours au fond du cœur,
Dédaignant les Cités , las de courir le Monde ,
Regagna ſa Patrie , une forêt profonde.

   Auſſitôt chacun s'empreſſa ,
     L'embraſſa ,
  Surtout compſimeuts ſinceres :
  Car les Ours ne flattent gueres.
  Pour exprimer leurs ſentiments
  Ils n'ont qu'un ton & qu'une voie ;
Ils ſe félicitoient par des mugiſſements ,
Et la Nature au loin frémiſſoit de leur joie.
Deux Ours ſe rencontroient, le frere eſt de retour,
   Moi, je comptois vous l'apprendre !
Qu'a-t-il vu ? Qu'a-t-il fait ? Chacun lui fait la Cour,
  Chacun veut le voir & l'entendre.
Après divers propos & divers paſſe-temps ,
  On vint à parler de la danſe ;
       G iv

Inftruit par les Humains à marcher en cadence ;
Le Pélerin alors fe levant à trois temps,
    Déploya fes membres agiles.
La troupe d'admirer, d'en vouloir faire autant ;
    Mais à-peine les plus habiles
    Se tenoient debout un inftant.
La plûpart accablés du poids de leur machine,
    A demi fe courboient,
    Et foudain retomboient,
Les uns fur le côté, les autres fur l'échine ;
On n'en voyoit que mieux le Dupré des forêts
    Qui flatté d'être inimitable
    Se fignala par de nouveaux fuccès.
    Va-t-en, Baladin miférable,
    S'écria la troupe en courroux,
Infenfé, tu prétends en fçavoir plus que nous !
Porte ailleurs ton adreffe à nos yeux méprifable,
Eh ! que nous produiroient tes talents fuperflus ?
En dormirions-nous mieux ? En mangerions-nous plus ?
A ces mots le Danfeur qui leur avoit fçu plaire
    Fut chaffé comme un pauvre here.

Des dons les plus flatteurs tel eft fouvent le prix ;
    Les talents font plus d'ennemis
    Que les défauts n'en fçauroient faire.

E P I L O G U E.

Favoris des Beaux-Arts, vos indignes rivaux,
  Si vous aviez moins de génie,
  Vous trouveroient moins de défauts.
On célebre d'abord vos chef-d'œuvres nouveaux;
  Bientôt, bientôt la Calomnie
Fait fifler à jamais fes Serpents fur vos pas:
On ne pardonne point à qui nous humilie.
Envain vous honorez la Nature avilie,
Vous l'éclairez en vain; l'Orgueil fait des ingrats;
Et fi l'on vous admire, on vous hait davantage.
Les fublimes Talents, votre illuftre partage,
Sont un affront cruel pour ceux qui n'en ont pas;
  Et le plus mince Perfonnage
Voudroit que l'Univers n'eût des yeux que pour lui;
Chacun voit à regret le mérite d'autrui.

FIN DU SECOND LIVRE.

LIVRE TROISIEME.

I.

LE ROSSIGNOL ET LE PIVER.

 Ous avons affez vanté
Philomele en liberté
Qui charmoit jufqu'au
feuillage ;
Peignons Rossignol en cage ,
Non pas celui qu'a chanté
Du Vergier ou La Fontaine

Quand fur les bords de la Seine
Ils prêchoient la Volupté,
Mais Roſſignol-Philomele
Sœur de Progné-l'Hirondelle.

Errante au gré de ſes douleurs,
Et de Térée encor déplorant les fureurs,
Philomele ſe trouva priſe
Dans des filets ; nouveaux malheurs ?
Dans une Cage elle fut miſe
A côté du Piver ; & le petit Damon
Attiré dans ces lieux par la douceur du ſon,
Applaudit en ſautant, comme on fait à ſon âge.
Ah que c'eſt bien chanté ! Qui de ces deux Oiſeaux ?
Papa, que je les voye ! Eſt-il grand ? Sont-ils beaux ?
Et le Pere aufſitôt l'approchant de la cage,
Pourrois-tu deviner qui formoit ce ramage ?
L'Enfant, ſans ſe laiſſer interroger deux fois,
Montre au doigt le Piver. C'eſt lui, c'eſt lui. Je
gage,
S'il le faut, mon Tambour & mon Cheval de bois !
C'eſt lui ſans contredit, ou je ne ſuis pas ſage.
Mais voyez donc, qu'il eſt charmant !
Jaune & verd à la fois, rouge encore ! Ah vraiment,

Je ne m'étonne plus qu'il ait un fi beau chant :
    Sa voix s'accorde à fon plumage.
Voilà le beau Chanteur, oh que je le vois bien !
    Pour l'autre fa couleur obfcure
    Marque affez qu'il n'eft bon à rien.

    Ce penchant eft dans la nature,
Et l'on juge fouvent de l'efprit & du cœur,
    Sur l'habit ou fur la figure.
    On voit Lindor chamarré de dorure,
C'en eft affez, Lindor eft connoiffeur.
    Valere eft un homme ordinaire,
    Valere eft applaudi par tout ?
Peut-on s'en étonner ? La raifon en eft claire,
Ses cheveux font toujours rangés du dernier goût ;
    Trop heureux le Siecle où nous fommes !
Une boucle fuffit pour faire de Grands-Hommes,

I I.

LA GUENON ET SES PETITS.

DAme Guenon avoit deux fils :
Tout-enfemble mere & marâtre
De l'un des deux elle fut idolâtre ,
Et l'autre étoit pour elle un objet de mépris.
Tant que les Aquilons aux Chênes font la guerre
Elle n'expofe point fes amours aux frimats,
Mais dès que le Zéphir eût raffuré la Terre ,
Elle fort de fon trou ferrant entre fes bras
L'objet de toute fa tendreffe,
Et le couvant des yeux fans ceffe.
Je ne fçais fi c'étoit l'Aîné ,
Et l'on peut préfumer que des Singes l'efpece,
Ainfi que nous, connoît le droit d'Aîneffe.
Quoi qu'il en foit , le fils abandonné
S'accroche comme il peut fur le dos de fa mere
Qui par grace le laiffe faire ,
Ou plutôt par diftraction ,

Car elle ne fongeoit qu'à fon petit Mignon.
Un Loup fur leur chemin fe préfente en furie,
Le Trio périffoit dans cette occafion ;
La mere fçut au moins fauver fa propre vie :
    Mais pour grimper fur l'antique fommet
D'un Chêne refpecté, Doyen de la forêt,
    Il lui fallut malgré fon induftrie
Dépofer le Poupon qu'elle chériffoit tant,
    Le Loup le dévore à l'inftant.
Celui qui fe tenoit au cou de la Donzelle
    Au danger échappe avec elle.

La Guenon défolée avertit les Mamans,
Qu'il faut bien fe garder d'aimer trop fes Enfants.

III.

LA MOUCHE ET LE COUSIN.

QU'un jeune Bonze célebre
Le trépas d'un Mandarin !
Je fais l'Oraifon funebre

De la Mouche & du Coufin :
L'un d'Icare eut le deftin ;
L'autre celui de Grégoire.

La Mouche cherchant à boire
Voit un Verre à moitié plein ;
Elle y vole avec courage.
Mais elle héfite à l'abord,
Et s'arrêtant fur le bord
Semble craindre le naufrage.
Bientôt çédant au défir,
Elle en boit, fe défaltere,
Puis en boit pour le plaifir :
C'étoit du vin de Madere !
Encore, encore.... A la fin
Elle chancelle, elle tombe
Dans cet Océan de vin,
Se débat & puis fuccombe.
Le Coufin la voit mourir,
Et fe met à difcourir.
Quelle liqueur meurtriere !
Fi donc ! c'eft à la lumiere
Qu'on trouve la volupté,
Le vin n'a jamais tenté

                              Qu'une

Qu'une ame vile & groſſiere ;
Qu'une Bougie a d'appas !
Il dit & vole autour d'elle ,
Le Pauvret s'y brûle , hélas,
Tantôt les pieds, tantôt l'aile.
Avec peine il ſe ſoutient ,
Cependant il y revient ;
Il tourne, retourne encore,
Et la flamme le dévore.

Inſectes malheureux , que je plains votre ſort !
    Par une imprudence extrême,
    Vous avez trouvé la mort
    Dans le ſein du plaiſir-même.
Souffrez que dans ces vers déplorant vos deſtins
Je diſe à votre gloire , ils ſont morts en Humains.

I V.

DÉMÉTRIUS ET MÉNANDRE.

Démétrius parcourant l'Univers,
　Chemin faisant prenoit toutes les Villes,
Et celle de Pallas eut le même revers.
Athenes dans ce temps n'avoit plus de Cyrsiles :
Le luxe avoit éteint les antiques vertus.
　　Démétrius porté par les vaincus
　　　　Sur un Trône fit son entrée,
Et son ame goûtoit une joie insensée,
A l'aspect des remparts qu'il avoit abbattus.
Le Tyran destructeur, tout fier de ses ravages,
　　　Fut accueilli comme un Dieu bienfaisant ;
　　　Que les Humains sont fous dans leurs hommages !
La servitude, hélas, quel horrible présent !
On célebre à l'envi ses heureuses conquêtes,
Le Peuple l'est par tout : volage en ses désirs,
Ce qui fit ses douleurs fait bientôt ses plaisirs ;
Et n'importe à quel prix, le Peuple aime les fêtes.
　　Accoutumés à céder au Vainqueur,

Les Grands dont l'art de feindre est la vertu sublime
   (a) Baisent la main qui les opprime,
     Et gémissent au fonds du cœur.
Ces Humains plus heureux qui des grandes affaires
     . Ne s'embarrassent gueres,
     Dont la paresse est l'Elément,
Arrivent les derniers, mais arrivent pourtant.
L'un d'eux étoit Ménandre, il quittoit son asyle
Et celui des neuf Sœurs. Il conservoit toujours
     Sur son visage, ainsi qu'en ses discours,
La douce liberté, fruit d'une ame tranquille,
Tréfor de la Nature ignoré dans les Cours.
Et s'il venoit groffir la foule tributaire,
Pour ne point se montrer il étoit trop connu:
Méprisables Devoirs que l'Orgueil a sçu faire!
Le Sage vous remplit, ne cherchant point à plaire,
     Content de n'avoir point déplu.
Guidé par cet espoir, & déja résolu
De rejoindre bientôt sa Muse solitaire,

(a) Illam osculantur quâ sunt oppressi manum,
Tacite gementes tristem fortunæ vicem.
          Phædr.

H ij

Ménandre s'avançoit : on ne voyoit point d'or
　　　　Sur sa robe à demi-flottante ,
　　Point de Saphirs , point de Rubis encor ;
Le Goût seul en rendoit la nuance brillante.
Sur un de ses amis panché nonchalament ,
Ses regards languissants cherchoient toutes les Belles ;
D'un pas voluptueux il marchoit doucement
Pour tenir plus long-temps les yeux fixés sur elles ;
　　　　Chemin faisant il soupiroit.
Il tenoit un bouquet de fleur à peine éclose ,
　　　　Et d'un air tendre il respiroit
　　　　Tantôt l'Œillet , tantôt la Rose ,
Jaloux de rassembler tous les plaisirs divers :
　　　　Ses cheveux parfumoient les airs.
Démétrius le voit , quel est ce Petit-Maître ?
L'Imprudent , à mes yeux oser ainsi paroître !
　　　　Sire , c'est Ménandre , l'Auteur.
Le Monarque à ce nom prend un air de douceur,
　　　　Lui tend la main , grande faveur !

On se contente à moins : combien de gens en France
　　　　Qu'un seul regard rendroit heureux !
Ménandre préféroit deux trésors précieux ,
　　　　Le repos , & l'indépendance.

V.

LE SOLEIL ET LES VAPEURS.

Elever les Méchants, c'eſt s'expoſer ſoi-même ;
Et la ſeule Vertu mérite un rang ſuprême.

Le Soleil animant le ſein des vaſtes Mers,
  Subtiliſa l'Onde groſſiere,
Et porta les Vapeurs ſur le Trône des Airs.
Mais bientôt oubliant leur baſſeſſe premiere,
On les vit obſcurcir le Dieu de la Lumiere,
Et s'armer contre lui de ſes propres bienfaits.
  Votre grandeur eſt mon ouvrage,
  Et vous oſez braver mes traits !
Je ſçaurai vous punir de cette aveugle rage :
Rentrez dans le néant dont je vous fis ſortir.
Ses Rayons à ces mots percerent le Nuage
Que Neptune indigné s'empreſſa d'engloutir.

V I.

L'HYMEN ET LA MORT.

PErfide, s'écrioit l'Hyménée en courroux,
Qui t'engage à troubler mes deftins les plus doux ?
  Paffe encor que ta faulx moiffonne
Des Vieillards, des Guenons, fans appas, fans efprit ;
   Tu peux en faire ton profit ,
   O Mort , je te les abandonne !
   Mais prendre à la fleur de leurs jours
Les plus tendres Beautés que le Dieu des Amours
   Auroit voulu rendre immortelles ,
  Et féparer mille couples fideles
  Qui fous mes loix devoient s'aimer toujours ,
C'eft payer mes bienfaits par la plus vive injure.
   Que feroit ton Sceptre de fer,
Si je ne prenois foin de peupler la Nature ?
Ingrat, reprit la Mort avec un rire amer,
Ma faulx eft le foutien de ton fatal Empire,
Ces Couples que tu joins par des nœuds folemnels

Dans ton Temple odieux c'eft moi qui les attire.
Ah fi l'on ne fçavoit que des foibles Mortels
Je finis tôt ou tard les plus affreufes peines,
Qui voudroit fupporter tes éternelles chaînes?

VII.

L'AVEUGLE ET LE BOITEUX.

UN Aveugle héfitoit dans un mauvais chemin,
Il rencontre un Boiteux & dit au Pélerin,
Je refpire & je fuis privé de la lumiere!
    Humain qui voyez ma mifere,
Ah de grace, aidez-moi, daignez guider mes pas
    Vraiment l'ami, tu n'y vois pas!
    Comment t'aider quand je me traine
        Avec peine!
Mais toi tu marches bien & tu me parois fort;
Si tu veux me porter nous fuivrons même fort.
Tu peux compter fur moi, je mettrai mon étude
A t'avertir de tout jufqu'au moindre caillou,
Mon intérêt répond de mon exactitude:

Que tes pieds deviennent les miens ;
Et mes yeux deviendront les tiens.
J'y confens, rendons-nous fervices pour fervices,
Le Boiteux à l'inftant s'accroche fur le dos
    Du Compagnon qui fe voîte à propos.
Ils fçurent éviter foffés & précipices :
Ce fut leur union qui fit leur fureté.

Souvent de nos défauts naît la Société,
Et fi chacun pouvoit fe fuffire à foi-même ,
On nous verroit encor errer dans les forêts.
Jufque dans les refus que les Dieux nous ont faits
    Admirons leur bonté fuprême :
Ils ont dû, réfervant à très peu de Mortels,
Les Mufes, les Beaux Arts, les Talents agréables,
Deftiner le grand nombre à nos befoins réels.
Nous pouvons profiter de ces dons mutuels :
Tout deviendra commun, rendons-nous fociables.

                            VIII.

VIII.

LES ANIMAUX ET LA DRYADE.

L'Age d'Or fut celui des Fables,
Le Menfonge à fon gré multiplia les Dieux ;
    Et les Humains peuplant les Cieux
    De cent Matrônes refpectables
Placerent ici-bas les Déités aimables :
Chaque Arbre étoit un Temple où logeoient mille
        attraits.
Elles quittoient fouvent ces afyles fecrets ;
Les Faunes, les Sylvains, leurs Compagnes légeres
Au fon des chalumeaux danfoient dans les Vergers:
Chaque Fontaine avoit des Dieux pour les Bergeres,
    Des Nayades pour les Bergers.

Dans ces temps fortunés, les Nymphes des bocages
Couronnoient les Vertus des plus tendres feuillages,
    Et des rameaux faifant des traits
Puniffoient à l'enyi le Meurtre & les Forfaits.

                   I

Les Ormes , les Tilleuls rampoient fous les om-
brages
D'un Chêne antique & folemnel
Qui défioit les Vents dans le fein des Nuages :
La foudre envain grondoit fur fon front éternel.
Son tronc vafte & couvert d'une mouffe légere
Parut aux Animaux le fimple Sanctuaire
De quelque Nymphe tutélaire ;
La Crainte apprivoifa l'inftinct le plus cruel.
Si quelque Loup tomboit malade
Pour avoir trop fuivi fon appétit glouton ,
C'étoit , difoit-on , la Dryade
Qui vengeoit la mort d'un Mouton.
Mais quand un Ours dans fa retraite
Se pourléchoit , faifoit goguette ,
C'eft la Dryade , difoit-on ,
Qui protége l'Anachorete.

Dès que le jour avoit doré
Le fommet de l'Arbre facré ,
Les Animaux de toute efpece
Raffemblés à l'entour imploroient la Déeffe.
Le Lion profterné confervoit fa fierté ,

Le Tigre frémissant sembloit dans sa priere
   Revendiquer la liberté
D'assouvir à son gré son instinct sanguinaire.
Le Singe les imite & poussant maints sanglots
   Il fait une telle grimace
Qu'on voit changer en ris la morgue des Dévots.
Le succès par degrés augmente son audace ;
   Et Dom Bertrand le Calotin
   Bientôt sur le Chêne gambade,
   Fait du Palais de la Dryade
   Le Théâtre de Fagotin.

Les autres Animaux voyant que leur Idole
N'avoit point sçu punir ces excès insultants,
Dépouillerent bien-tôt leur préjugé frivole,
   Et leurs vertus en même temps.

IX.

LA CORNEILLE, ET L'URNE.

LA Corneille altérée, en cherchant un ruiſſeau
Dans une Urne profonde aperçoit un peu d'eau ;
Son corps ne peut paſſer par l'étroit orifice
Qui lui fait de Tantale éprouver le ſupplice.
Le Vaſe étoit pour elle un énorme fardeau,
  Le renverſer c'étoit la mer à boire,
    Qu'imaginer en pareil cas ?
La Soif l'alloit conduire aux bords de l'Onde noire,
Et pour ſe garantir d'un ſi cruel trépas
    La Corneille induſtrieuſe
Ramaſſe du gravier, des débris de caillou
Que leur poids précipite au fonds de l'Urne creuſe ;
L'Eau par degrés s'éléve & monte juſqu'au cou.

   Néceſſité l'ingénieuſe,
   Souveraine de l'Univers,
Au défaut de la force a recours à l'adreſſe :
Dans les dangers preſſants qui nous ſuivent ſans ceſſe

La Sageffe tient lieu de tous les dons divers,
 Rien ne remplace la Sageffe.

X.

LE CONSEIL DES CHEVAUX.

Dans un paturage commun
 Les Chevaux un jour s'affemblerent,
 Et tous enfemble examinerent
L'Intérêt du Public & celui de chacun.
Un fuperbe Courfier dans la fougue de l'âge
N'avoit encore fenti le frein impérieux ;
Il s'avance, il fe cabre étincelant des yeux.
Que je regrete, amis, la demeure fauvage
 Où jadis nos premiers ayeux
Nés dans l'indépendance & nourris dans la guerre,
 D'un pied libre frappant la terre
Aux plus fiers Animaux difputoient les Forêts !
Aujourd'hui nous rampons , & du rebut des
  hommes

     I iij

Nous vivons languiſſants au fond de ces Marais.
Attellés à leur char, embaraſſés de traits
Nous menons en triomphe, inſenſés que nous
                ſommes,
Ceux dont le lâche orgueil ternit notre vertu.
De ces grands changemens je ne ſçais point l'hiſtoire,
Mais ils nous ont trahi puiſqu'ils nous ont vaincu.
      Et pour balancer notre gloire
Ont-ils cette vigueur & ces muſcles nerveux
Qui ſemblent à l'Empire appeller notre eſpece ?
Pourquoi donc aſſervir la force à la foibleſſe ?
Un jour, il m'en ſouvient, mon inſtinct belliqueux
Pour la premiere fois m'emporta dans la plaine ;
      J'ai vu par tout la Gent humaine
Se diſperſer au loin & fuïr devant mes pas.
      Elle n'eut ſur moi l'avantage
Que lorſque fatigué par mon propre courage
Je revins à la fin moi-même dans ſes bras.
Ils tremblent, les cruels, & regnent par la crainte !
Eh bien regnons comme eux. Je vois avec horreur
La honte de vos fers ſur vos bouches empreinte ;
Qui moi ! Que l'Eperon enſanglante mes flancs !
Non de par les Lions, ces Héros indomptables
      Qui dans leurs antres reſpectables

Endormis font encor l'effroi de nos Tyrans ,
Tandis que l'on nous voit fans ceffe dans les champs
De la Terre pour eux déchirer les entrailles,
Etouffer l'herbe éclofe avec un foc jaloux
Et forcer la Nature à fervir comme nous.

   Nous , le porter dans les batailles
   Et d'un Conquérant inhumain
   Nous , feconder l'affreufe rage !
S'il nous faut affronter cent tonnerres d'airain
Que ce foit pour fortir d'un indigne efclavage.

Le Confeil applaudit par des henniffements.
   Un feul éclairé par les ans
D'un regard de pitié vit ces complots perfides:
   Nouveau Neftor , d'un pas majeftueux
   Il vient devant les fiers Atrides
Modérer le couroux d'Ajax l'impétueux.
Je reconnois , dit-il , l'imprudente jeuneffe !
Vos Tyrans font en vous ; réprimez leur yvreffe.
J'ai long-temps , grace au Ciel , vécu fous le harnois ,
Pouvez-vous regretter la demeure des Bois ?
Les bienfaits des Humains confervent notre vie ,
Vaut-il mieux des Lions affouvir la furie ?
Notre Maître du moins eft fenfible à nos maux ,
       liv

Et les Rois des Forêts égorgent leurs Vaſſaux.
Des premiers feux du Jour quand l'Aurore étincelle
Il nous mene auſſi-tôt où le travail l'appelle,
  Puis ſur nos pas dirigeant les ſillons
De la Terre entr'ouverte il prépare les dons.
Après ces premiers ſoins qu'il prend & qu'il nous
    donne,
   Seul il ſeme, obſerve, moiſſone,
   Si nous traînons ſur ſes guérets
Les dépouilles des champs, les tréſors de Cérès,
Il partage avec nous la peine & la conquête.
Parfois à ſes travaux ſuccede un jour de fête,
   Comme lui ne chommons-nous pas ?
   Souvent dans la verte prairie
   Nous allons prendre nos ébats
   Tondre à loiſir l'herbe fleurie.
 Nous le voyons ſaucher ces tapis verds,
Et c'eſt pour nos beſoins que ſa main préparée
S'enrichit du butin qu'elle enleve à Borée.
Quand les fiers Ouragans ravagent l'Univers
   Tranquille au ſein de ſes murailles
Il ſçait nous affranchir de l'injure des airs.
   Nous le ſervons dans les Batailles,
Il y défend ſes Dieux, mais près de ſes foyers

.N'avons-nous pas nos rateliers ?
Et fans fa prévoyance extrême
Dans les affreux Hyvers délaiffés à vous-même
Que feriez-vous, dites moi ?
Apprenez à vous connoître
Et que le plus rude emploi
Eft toujours celui du Maître.
Ce difcours étoit fage, il calma leurs tranfports,
Tous furent fur le foir retrouver leur litiere.
Et le Courfier fougueux courbant fa tête altiere
Bientôt avec plaifir écuma fous le mords.

Chacun doit ici-bas remplir fon miniftere
Dans le rang où les Dieux l'ont mis :
Si le Ciel vous fit Roi, foyez Roi débonnaire ;
S'il vous a fait Sujet, foyez Sujet foumis.

XI.

LES ARBRES PROTÉGÉ
PAR LES DIEUX.

Les Immortels du haut des Airs
  Parcouroient les Arbres divers
Dont ils vouloient entr'eux diftribuer l'empire.
Un Chêne dont le front fembloit toucher les Cieux
Eut les premiers regards du Souverain des Dieux,
  Vénus avec un doux foûrire
  Choifit le Myrthe, & l'Amant de Daphné
Se vit par les Amours de Lauriers couronné.
  Hercule montrant fa maffuë
Voulut de Peuplier avoir une ftatuë,
  Mais la Sœur antique du Temps,
La vieille Dyndimene ou la bonne Cybele
  Préféra le Pin chargé d'ans
  Qui lui plut fort par fon encens
  Et par fa verdure éternelle.
Minerve dit alors, vos Arbres favoris

Ne fe couvrent jamais que de feuilles ftériles.
Nous n'avons point voulu mettre l'honneur à
        prix.
Pour venger l'Olivier d'un injufte mépris
Je donne mon fuffrage à fes rameaux utiles.

        Ah , ma Fille , tu nous inftruis ,
Repartit Jupiter , embraffant la Déeffe ,
Tu fçais apprétier les chofes par leurs fruits
Et l'Olympe à ton choix reconnoît la Sageffe.

X I I.

LE CHEVAL ET L'ANE. *

UN Courſier généreux franchiſſoit les campagnes,
Il voit les premiers feux du jour
Qui ſe précipitoient du ſommet des Montagnes
Et couronnoient les Ormeaux d'alentour.
Il apperçoit ſon Ombre & ſe cabre ſoudain :
Un mélange confus de crainte & de courage
Sur ſon cou fait dreſſer le crin,
L'Ane auſſi-tôt ſe mit à braire
Et voulut faire le railleur :
C'eſt-là ſon défaut ordinaire.
Quoi ! vous vous tourmentez, Seigneur,
Pour une cauſe ſi petite !

* Siehe Gellerts Fabeln.

Votre Ombre vous fait peur : Eh que seroit-ce donc
Si vous entendiez le Canon ?
Je le vois trop , chacun a son mérite :
Au Moulin je porte les sacs
Sans que jamais rien me dérange ,
Il tonneroit envain , je vais le même pas.

Le Coursier répartit , ton orgueil est étrange ,
Ta constance répond à tes foibles travaux ,
Tu n'es pas assez grand pour avoir mes défauts.

XIII.

LES DEUX HIRONDELLES
ET L'ALOUETTE.

Deux Hirondelles disputoient
A qui chanteroit mieux ; toutes deux se flattoient
De mériter la préférence.
Mais écoutez , ma Sœur , cette cadence.

Celle ci , je crois , la vaut bien.
L'Alouette survient. Décidez , je vous prie,
Qui de nous deux excelle ? Eh mais , je n'en sçais
rien.
De grace prononcez , parlez sans flatterie.
Je vous ferois peut-être un mauvais compliment.
Parlez. Vous le voulez ; voici mon sentiment :
Vous chantez , je le crois , l'une aussi bien que l'autre ;
Je n'aime cependant sa chanson ni la vôtre :
Et chantez tant qu'il vous plaira ,
Vous ne sçauriez jamais devenir Philomele,
Et tant que dans nos Bois on les écoutera ,
Qui pourroit supporter la voix de l'Hirondelle ?

═══════════════════════════

XIV.

LES PERDREAUX,
ET LE CHASSEUR.

Es Perdreaux raſſemblés erroient dans la
    campagne,
Se jouoient, prenoient leurs ébats,
Sans peine faiſoient maints repas
Et vivoient en Rois de Cocagne.
Pour giboyer ſortant d'un vieux château
Seigneur & ſon Chien troublerent cette Fête.
Sur le chaume élevant la tête,
hôte des guérets, qui reconnut Brifau
Avant-coureur de la tempête,
rtit auſſi-tôt ſes freres du danger ;
Et ſur l'avis de la Vedette,
Et de l'aile battant retraite,
Le camp volant de déloger.
?'s vont choiſir un champ ſolitaire & tranquille,
L'Homme les ſuit des yeux, avant de s'y fixer

On les voit un inftant dans les airs balancer ;
Ces délais imprudents découvrent leur afyle.
Le Chaffeur attentif y court d'un pas égal.
Toujours quelque œil au guet fauve leur République,
La troupe de concert fuit au moindre fignal.
Mais pour les féparer par la terreur panique
Il fait gronder au loin le falpêtre irrité ;
   Et tout l'effain épouvanté
Se difperfe & fe rompt : chacun de fon côté
    Laiffe le foin de la patrie,
    Ne fonge qu'à fa propre vie,
    Et fonde fon unique efpoir
    Sur fes talents & fon fçavoir.
Blotti dans les fillons l'un fe croit à merveille,
    Se figurant que leur couleur
    A la fienne à peu près pareille
   Sçaura tromper les regards du Chaffeur.
Mais le nez de Brifaut que la Nature éclaire
Bien-tôt fçait le forcer dans fes retranchements,
Et préparant l'orage enfermé dans les flancs
   De la Machine meurtrière
Son Maître ferme un œil & dirige le coup.
Foibles pour obliger, tout-puiffants pour détruire,
Les Humains font des Dieux quand il s'agit de nuire !
       L'étincelle

L'étincelle qui fort de l'aride caillou
Allume au même inftant le factice Tonnerre,
  Le plomb auffi-tôt fuit l'éclair,
L'Oifeau percé foudain dans les plaines de l'air
  Tombe & retentit fur la terre.
Ses freres ont leur tour, il n'en échappe aucun,
Et leur divifion combla leur infortune.

Qui ne fonge qu'à foi dans un malheur commun
  Entraîne la perte commune.

XV.

LE LIEVRE, ET SES AMIS.

A Voir beaucoup d'amis c'eft n'en avoir aucun,
L'Amour & l'Amitié fuit toujours le grand nombre.

Un Liévre fort humain, quoiqu'un peu trifte &
  fombre,

K

D'Animaux différents étoit l'ami commun.

Comptez fur nous, éprouvez notre zele,
Il n'en fit que trop tôt une épreuve cruelle!
Après avoir brouté, puis troté, fait main tour,
Près d'un buiffon dans un gîte il fommeille,
C'étoit pendant l'ardeur du jour,
Une frayeur foudaine en furfaut le réveille
Et lui met la puce à l'oreille.
La Chaffe dans les airs annonçoit fes exploits,
Ses Coureurs abboyants reconnoiffent fa voix :
Leur inftinct les conduit, ils refpirent la guerre,
Le Cor anime leurs fureurs,
Et la Meute par fon Tonnerre
Excite à fon tour les Piqueurs.
Aux approches de ces clameurs,
Il s'élance, il s'éloigne, emporté par la crainte,
Et retournant bien-tôt d'un pas impétueux
Pour égarer la Meute il forme un Labyrinthe;
Elle fçait démêler ces replis tortueux.
Des Guérets qu'il traverfe épandant la pouffiere,
Il efface en courant la trace de fes pas,
Et gardant fes Amis pour reffource derniere,
Veut leur devoir la vie ou mourir dans leurs bras.
Las de fuir, haletant, & fe trainant à peine,

Il fuccombe dans un chemin
Que bordoit une plaine,
Apperçoit le Cheval & reprenant haleine :
Secourez-moi, dit-il, j'ai voulu fuir envain,
Mes pas, vous le fçavez, trahiffent mon afyle ;
Sur votre dos m'éloigner du danger
Eft pour vous chofe affez facile,
Et d'ailleurs, l'Amitié rend tout fardeau léger.
Grand merci de la préférence,
Repartit le Courfier, Dom Taureau qui s'avance
Vous aime autant que moi, c'eft un meilleur
appui,
Et je ne voudrois pas lui ravir l'avantage
De vous fervir par fon courage ;
Il vous eftime fort, adreffez-vous à lui.
Sultan Taureau brûlant d'une flamme nouvelle,
Ami, dit-il, la Géniffe m'appelle ;
Tu l'entens & j'y cours : On doit fonger à foi.
Tu ne te plaindras pas, je croi,
Je te quitte pour une belle.
De l'Ami malheureux tout redouble l'effroi,
Il ne lui refte que la Chévre :
Dame Barbe furvient, examine le Liévre,
Lui trouve l'œil mourant & dit, mon dos voûté

K ij

Seroit pour vous dans cette extrêmité
   Une dangereuse voiture ;
   Le Mouton porte une toifon ,
   C'eſt une honnête créature ,
   Et vous ferez dans ſa fourure
   Beaucoup mieux , ſans comparaiſon.
   Mais le Mouton ſur ſa foibleſſe
A ſon tour s'excuſa , le Veau ſur ſa jeuneſſe :
Les plus forts Animaux n'ont pu vous préferver ,
Me pardonneroient-ils ſi j'ofois l'entreprendre ?
Que pourrois-je pour vous dans un âge ſi tendre !
   Je me perdrois ſans vous ſauver.
Ah pour tous vos Amis quelle douleur mortelle !
Adieu, je vois la Meute , il faut nous ſéparer !
   Ma tendreſſe ſe renouvelle ,
J'aurois trop à ſouffrir de vous voir expirer.

XVI.

L'HOMME, LE CRABE, LE LIMAÇON ET LE CIRON.

A M. le C. de Saint Germain-Marinel.

CE digne Citoyen, ce Poëte éclairé
Qu'adore la Tamife & qu'eftime la France,
Des préjugés cruels ennemi déclaré,
Philofophe fameux chez un Peuple qui penfe,
Evitant les erreurs, trop ordinaire écueil,
     Dans fon effai peignit en Maître
     L'Homme qu'il avoit fçu connoître,
     Qui s'avilit par fon orgueil
En voulant s'élever au deffus de fon Etre.
Son ami vertueux, imitant fes portraits
     En orna le fimple Palais
   De l'Apologue, où regne La Fontaine,
     Sublime en fa naïveté,
     Couronné par la Volupté

Et par les Nymphes de la Seine.
L'Esope d'Albion, à la simplicité
Joignant de ce Climat la force naturelle,
A décrit d'un mâle pinceau
Les sentiments de Marc-Aurele,
Et sous une forme nouvelle
Je t'offre le même tableau.
Aux Talents, aux Beaux Arts, ta Vertu réunie
Mêle ses fruits aux fleurs de ton Printemps ;
Ami, les feux de ton Génie
Sçauront percer la nuit des Temps.
Ton cœur que la raison éclaire,
A sçu t'affranchir des travers
De la Vanité mensongere
Dont je vais retracer les prestiges divers.

La Terre n'est qu'un point dans la Sphere des
Mondes,
La main du Dieu de l'Univers
Nourrit en même temps le Colosse des Ondes
Et l'Insecte ignoré qui rampe au fonds des Mers.
Le Crabe le plus vil, plein de son importance,
Des rivages perlés considere l'émail
Et se traîne avec complaisance.

Dans des Bocages de Corail.
Il se flatte, il entend l'Océan sur sa tête
　　Rouler ses flots majestueux,
Je le vois trop, dit-il, tant de pompe s'apprête
Pour charmer mes instants, pour enchanter mes
　　　　　yeux :
　　Tout s'embellit, tout célebre ma Fête ;
　　Je suis le fils aîné des Dieux.

Voyez le Limaçon traînant son enveloppe
Pointer sur les jardins son double Télescope,
　　S'approprier tous les dons du Printemps.
　　　　La Rose à ses yeux se colore
　　　　Des pleurs & des feux de l'Aurore,
Elle entr'ouvre son sein & du plus pur encens
　　　　Parfumant les Autels de Flore
Rassemble pour lui seul tous les plaisirs des sens.
　　　　Bien-tôt la Pêche lui présente
Ses utiles attraits & son tein velouté
　　　　Qui couvre une fraîcheur charmante
Pour le dédommager des ardeurs de l'Eté.
Parcourant à loisir la Nature embellie,
　　　　Avec orgueil il s'humilie,
Quoi, dit-il, c'est pour moi que ces trésors sont faits !

Moi, paſtri de limon, chétive créature,
    Combien je dois à la Nature
    Qui me prodigue ſes bienfaits !

L'Homme eſt encor plus vain, la Nature aſſiduë,
    Dit-il, s'empreſſe à me ſervir :
Aux rameaux tout-courbés la grappe ſuſpenduë
Semble chercher la main qui vient pour la cueillir.
    Semblable à la jeune Thémire
    Qui fuit un Amant qu'elle attire,
La ſimple Violette embaume le Zéphir,
Se cache, ſe trahit en reſpirant dans l'herbe ;
    La Tulipe, Nymphe ſuperbe,
Arrondit dans les airs ſon pannache émaillé.
Des plus vives couleurs quand l'Œillet a brillé,
    De pourpre & d'hermine parée
    L'Auricule fait ſon entrée.
    De ces ſpectacles enchanteurs
Qui pourroit ſupporter la ſplendeur continuë ?
    Pour ne point fatiguer ma vûë,
Le Soleil dans ſon char emporte les couleurs.
    D'une lumiere douce & ſombre
Les Aſtres de la Nuit ſement les champs d'azur,
    Et leurs flambeaux brillent dans l'Ombre.

La

La Lune qui renaît offre son front obscur,
      Par degrés arrachant ses voiles
        Le Temps la suit à pas comptés,
Et bien-tôt effaçant ses rayons argentés,
A la voûte des Cieux attache les étoiles.
       Bien-tôt les fertiles vapeurs
       Descendent du haut des montagnes,
       Le Jour paroît avec les fleurs
Et dore les épis flottans sur les campagnes.
Sur un thrône azuré le Soleil qui s'avance,
Dans le sein des guérets multipliant les grains
      Annonce avec magnificence
Que la Terre & les Cieux sont faits pour les Humais.

      Le Ciron, invisible atôme,
S'applaudit à son tour, vraiment c'est bien à l'Homme
       De prétendre donner la loi,
       Lui qui nous sert de nourriture,
       Et qui sans cet illustre emploi
       Ne seroit rien dans la nature !
       S'il ose s'en dire le Roi.
De quel titre honorer un Ciron tel que moi ?

      Quel orgueil & quelle insolence,
      Un insecte parler ainsi
                     L

En animal de conféquence !
Mais l'être, à votre avis, qui penfe
Qu'a-t-il de plus que celui-ci ?
La raifon. En eft-il plus fage
Pour faire tant le fanfaron ?
Tel fe croit un grand perfonnage
Qui fouvent vaut moins qu'un Ciron.

XVII.

LE CHIEN-COUCHANT
ET LA PERDRIX.

CRaignez tout d'une ame fervile.

Aux leçons de fon Maître un Chien toujours docile
Alloit, venoit, d'un pas léger
Et voyoit fans fe déranger
L'Alouette fuir éperdue
Et plus lente loin du danger
Planer, s'épanouir dans les airs fufpendue,

S'élever avec joie & chanter dans la nuë.
   De son côté la Perdrix ingénuë
     Se promenoit, recueillant quelque grain,
        Par-ci, par-là, dans son chemin.
        Bien-tôt attiré sur la voie
        Par le fumet de ses esprits,
        Miraut distingue la Perdrix.
Elle apperçoit au loin les filets qu'on déploie
Et l'avide Chasseur qui compte sur sa proie.
      Miraut nourri dans la Cité,
Cache ses noirs projets sous un air de bonté :
Il dissimule, il feint, se compose à merveille,
Soudain change d'allure, avance pas à pas
En agitant la queuë & portant bas l'oreille,
Se prosterne, & des yeux rend hommage aux appas
De celle qu'en son cœur il destine au trépas.
      En vain tu rampes sur le chaume,
   Dit la Perdrix prête à prendre l'essor,
Va, je te reconnois, digne esclave de l'Homme !
     Je l'excuse, il remplit son sort ;
     Mais toi que les Dieux ont fait naître
   Ami sincere, ennemi généreux,
Falloit-il t'avilir par un art malheureux
Et prendre tant de soin pour devenir un traître ?

XVII.

INKLE ET YARICO.

S'Affujettir les vents, & Dédales nouveaux,
Leur ajouter encor des aîles plus puissantes,
Franchir les vastes mers dans des forêts flottantes
Et lire dans les Cieux la route des vaisseaux,
Humains, voilà vos droits, régnez sur la nature:
Mais est-ce la vertu qui produit vos efforts?
Non, vous êtes guidés par la soif des tréfors;
J'admire vos talents, je hais leur source impure.
Ignorés de l'Europe, heureux Américains,
L'innocence & la paix filoient vos jours feraîns,
Et pour les conserver féparant les deux mondes,
Le Ciel mit entre nous des barrieres profondes.
Bien-tôt pour dévorer un nouvel univers
L'Intérêt applanit les abîmes des mers,
Inkle à ce monstre affreux ouvrit son cœur avide;
Ressource des vieillards l'avarice sordide,
Dès sa premiere aurore altérant ses beaux jours,
Remplit toute son ame & prévint les Amours.

Il s'éloignoit des bords où la Tamise altiere
Confond dans l'Océan ses flots impérieux
Et sçait rendre à son tour Neptune tributaire :
Il quittoit sans regret sa Patrie & ses Dieux ,
Jaloux de ravager les plages opulentes
Où sur un sable d'or des Nayades brillantes
   Promenent leurs flots argentés.
   Mais soudain les Dieux irrités
Déchaînent l'Aquilon , soulevent les orages :
Le Tonnerre en éclats déchire les nuages ,
La foudre brille au loin sur des gouffres ouverts ,
Et des torrents de feux ont embrasé les airs.
Les vagues en fureur appellent les naufrages ,
Et d'affreux tourbillons submergent les vaisseaux.
Inkle nage long-tems , lutte contre les eaux ;
Il aborde , il ne voit que d'effrayans rivages ,
Il erre dans des bois , incertain de son sort ,
La terre à ses regards offre plus d'une mort :
Quand il échapperoit à la fureur extrême
Des Tigres dévorants & d'un Peuple inhumain
Pourra-t-il éviter la faim , l'horrible faim ,
Ce germe de la mort , qu'il porte dans lui-même.
Désespéré , tremblant , accablé de travaux ,
Il tombe au pied d'un arbre en déplorant ses maux.
Il entend tout à coup s'agiter le feuillage ,
        L iij

Il écoute , il frémit : une jeune Sauvage
   Portant un carquois & des traits
   S'élance d'un buisson épais ,
Paroissant à la fois sans voile & sans parure.
Ils s'étonnent tous deux , la beauté le rassure ,
Il soupire , on diroit que l'excès du malheur
De son ame d'airain a fléchi la rigueur.
   Elle s'attendrit à sa vuë
Et voyant sur son front les traits de la douleur,
(Que ne peut la pitié dans une ame ingénuë)
Ils étoient de même âge , elle conduit ses pas ,
Arrange des rameaux , forme un toit de verdure ,
Et pour le garantir des horreurs du trépas,
Lui présente des fruits aux bords d'une onde pure.
A son cher étranger elle apporte des fleurs,
   Des peaux de diverses couleurs,
   Présents de la simple Nature,
   Les coquillages les plus beaux,
   Et les dépouilles des Oiseaux ;
   Tant il est vrai que la tendresse
   N'a pas besoin de la richesse ,
Pour marquer chaque jour par des bienfaits nouveaux.
   Dans cette sombre & paisible retraite ,
   Ils s'expriment par des soupirs,
Par de tendres regards , éloquence muette

Dont l'Amour seul est l'Interprête,
Ils passent tous leurs jours dans le sein des plaisirs.
Ils se font bien-tôt un langage,
Quel langage pour deux Amants,
Qu'ils ne doivent qu'aux sentiments,
Et qui leur en plaît davantage !
Que ne vous dois-je point ! disoit l'Amant heureux,
Je sçaurai m'acquitter & surpasser vos vœux.

Venez embellir nos Contrées,
Comptez que vos vertus y seront adorées,
Et quittez, croyez-moi, ces déserts, ces forêts,
Londre est digne de vos attraits.
Des talents enchanteurs l'Europe est la patrie ;
Venez y partager les fruits de l'industrie :
Et qu'au milieu de cet autre Univers
Mollement assise & tranquille
De superbes Coursiers que guide un Maître habile,
Fendant rapidement les airs,
Vous traînent à l'envi dans des maisons roulantes.
A travers leurs portes brillantes
On vous verra, je serai près de vous :
Les plus riches métaux que l'Art file pour nous
Orneront vos habits de fleurs étincelantes.
Eh que m'importe à moi cet éclat emprunté ?
Qu'ai-je à désirer si tu m'aimes ?

L iv

Dis-moi plutôt dans la Cité

Dont tu vantes les biens suprêmes,

Dis-moi, sçait-on aimer avec fidélité ?

Restons sous ces tendres feuillages,

Tu préferes d'autres climats

Et notre amour est né dans ces bocages !

Quoi je t'adore, & dans mes bras

Tu soupires pour ta patrie !

Mais ces côteaux, cette prairie,

Ces ombrages, cet air si pur

Que parfument les fleurs, que couronne l'azur

Tu vois les lieux où ma paupiere

Pour la premiere fois s'ouvrit à la lumiere,

J'abandonne pour toi le plus charmant séjour;

Apprens d'une Sauvage à connoître l'Amour.

Ils vont sur le rivage, ils parcourent les rades;

Le sort favorise leurs vœux

Et leur offre un vaisseau qui les reçoit tous deux,

Le Commerce & les Vents l'appelloient aux Barbades.

C'est-là que sur le Port déplorant son destin,

Et contemplant au loin la fortune féconde

Inkle d'un œil jaloux voit les trésors du monde :

L'Intérêt dans son cœur se réveille soudain.

De tant de maux soufferts quelle est la récompense !

Malheureux, je reviens des climats où croît l'or

Et je reviens dans l'indigence !
Quel supplice ! Il me reste une ressource encor.
L'ingrat se détermine à vendre son amante,
Qui le baignant de pleurs embrasse ses genoux.
On l'entraîne, elle se lamente,
Elle lui tend les bras, le nomme son époux.
Ce monstre au même instant la livre à l'esclavage,
Et compte froidement le prix de ses forfaits.
Je ne te parle point, cruel, de mes bienfaits,
Je t'aimois, il suffit... victime de ta rage
Je devrois te haïr.. je t'aime malgré moi
Et le nœud le plus cher m'attache encore à toi,
Apprens.. que dans mes flancs.. un trop malheureux
gage.....
Inkle à ces derniers mots déridant son visage,
Vous l'entendez, dit-il, cela change le prix,
Et vous devez en conscience
Acheter davantage & la mere & le fils ;
Encor quatre sterlings pour cette circonstance !

Triomphe, malheureux, dans ton infâme cœur,
Et de tout l'univers sois à jamais l'horreur :
Tu trahis à la fois l'Amour & la Nature !
Inkle, que ton nom seul rappellant ta noirceur
Aux plus grands scélérats soit encore une injure !
F I N.

EXPLICATION.

LE Fleuron repréſente la Fable ſous la figure de Minerve qui ſe couvre le viſage d'un maſque grot eſque pour attirer des enfans que la majeſté de la Déeſſe auroit pu intimider. Sur un bouclier qui cache une partie de ſon Egide eſt un Singe en ſculpture, qui amuſe auſſi le groupe d'enfans. L'un d'eux, par une curioſité naturelle à cet âge, regarde ſous le bouclier, découvre la tête de Meduſe & ſe retire avec horreur. Un autre plus hardi s'approche de plus près de la Déeſſe, apperçoit ſes véritables traits, & paroît dans une attitude de ſurpriſe, de crainte & d'admiration.

La Vignette du premier Livre repréſente

le fujet de la premiere Fable, la Mouche
& l'Araignée.

La Vignette du fecond Livre, le fujet
de la XI. Fable fuivante, le Roffignol &
le Coucou.

Le Conte d'Inkle & d'Yarico, qui termine le recueil eft le fujet de la troifiéme
.Vignette.

AVIS DE L'ÉDITEUR.

COmme il y a dans ce Recueil beaucoup de Fables & de Contes qui font
empruntés des meilleurs Fabuliftes, Latins,
Anglois & Allemands ; l'on a cru devoir,
eû égard fur-tout aux Etrangers , citer
dans la Table des matieres , immédiate-
ment après chaque Fable , l'inventeur du
fujet. On s'eft fervi de la belle Edition de
Phedre & d'Avien donnée par M. Philippe de Prétot , en 1748. N'ayant point
encore paru de traduction des Fables de
M. Gay , de M. Moore , ni de celles
M. Gellert , on a été obligé de recourir
aux Editions Angloifes & Allemande dont
voici les titres.

Fables by the late M. Gay. The fixth Edition.
London. Tonfon , 1746.

Fables for the female sex. The second Edition.
London. Printed for R. Francklin 1746.

Fabeln und erzählungen von C. F. Gellert. Leipzic.
Wendler. 1748.

TABLE.

Le Chifre Romain indique le Livre , le premier
Chifre Arabe la Fable ou le Conte &
le dernier la Page.

A.

D.

M

M.

O.

P.

R.

S.

F I N.

APPROBATION.

J'AI lû, par l'ordre de Monseigneur le Chancelier, un Manuscrit intitulé : *Fables & Contes mis en vers*, & j'ai cru que l'impression en seroit agréable au Public. A Paris ce 4 Avril 1752.

PHILIPPE DE PRETOT.

PRIVILEGE DU ROI.

LOUIS, par la Grace de Dieu, Roi de France & de Navarre : A nos amés & feaux Conseillers les Gens tenans nos Cours de Parlement, Maîtres des Requêtes ordinaires de notre Hôtel, Grand-Conseil, Prevôt de Paris, Baillifs, Sénéchaux, leurs Lieutenans Civils, & autres nos Justiciers qu'il appartiendra, Salut : Notre amé NICOLAS - BONAVENTURE DU-CHESNE, Libraire à Paris, Nous a fait exposer qu'il desireroit faire imprimer & réimprimer des Ouvrages qui ont pour titre : *Histoire des Singes & autres Animaux curieux. La Grammaire Allemande de M. Gottsched. Fables mises en vers par M. * * * Théâtre Allemand. Méditations Chrétiennes pour tous les jours de l'année, par le Révérend Pere Chappuis de la Compagnie de Jésus* ; s'il Nous plaisoit lui accorder nos Lettres de Privilège pour ce nécessaires. A CES CAUSES, voulant favorablement traiter l'Exposant, Nous lui avons permis & permettons par ces Présentes de faire imprimer & réimprimer lesdits Ouvrages en un ou plusieurs volumes & autant de fois que bon lui semblera, & de les vendre, faire vendre & débiter par tout notre Royaume pendant le tems de fix années confécutives , à compter du jour de la date des Préfentes. Faifons défenfes à tous. Imprimeurs, Libraires & autres perfonnes de quelque qualité & condition qu'elles foient, d'en introduire d'impreffion étrangere dans aucun lieu de notre obéiffance, comme auffi d'imprimer ou faire imprimer, vendre, faire vendre, débiter ni contrefaire lefdits Ouvrages, ni d'en faire aucun extrait fous quelque prétexte que ce foit, d'augmentation, correction, changement ou autres, fans la permiffion expreffe & par écrit dudit Expofant ou de ceux qui auront droit de lui, à peine de confifcation des Exemplaires contrefaits, de trois mille livres d'amende contre chacun des contrevenans, dont un tiers à Nous, un tiers à l'Hôtel-Dieu de Paris, & l'autre tiers audit Expofant, ou à celui qui aura droit de lui, & de tous dépens, dommages & intérêts; à la charge que ces Préfentes feront enregiftrées tout au long fur le Regiftre de la Communauté des Imprimeurs & Libraires de Paris, dans trois mois de la datte d'icelles; que l'impreffion & réimpreffion defdits Ouvrages fera faite dans notre Royaume, & non ailleurs, en bon papier & beaux caracteres, conformément à la feuille imprimée, attachée pour modéle fous le contre-fcel des Préfentes; que l'Impétrant fe conformera en tout aux Réglemens de la Librairie & notamment à celui du 10. Avril 1725. & qu'avant de les expofer en vente, les Manufcrits & Imprimés qui auront fervi de copie à l'impreffion & réimpreffion defdits Ouvrages, feront remis dans le même état où l'Approbation y aura été donnée, ès mains de notre très-cher & féal Chevalier Chancelier de France le Sieur de LAMOIGNON, & qu'il en fera enfuite remis deux Exemplaires de chacun dans notre Bibliotéque publique, un dans celle de notre Château du Louvre, un dans celle de notredit très-cher & féal Chevalier Chancelier de France le Sieur de LAMOIGNON, & un dans celle de notre très-cher & féal Chevalier Garde des Sceaux de France le Sieur de MACHAULT, Commandeur de nos Ordres ; le tout à peine de nullité des Présentes : du contenu desquelles vous mandons & enjoignons de faire jouir ledit Exposant & ses ayans cause, pleinement & paisiblement, sans souffrir qu'il leur soit fait aucun trouble ou empêchement. Voulons que la copie des Présentes qui sera imprimée tout au long au commencement ou à la fin desdits Ouvrages, soit tenue pour duement signifiée, & qu'aux copies collationnées par l'un de nos amés & féaux Conseillers Secretaires foi soit ajoutée comme à l'original. Commandons au premier notre Huissier ou Sergent sur ce requis, de faire pour l'exécution d'icelles tous actes requis & nécessaires, sans demander autre permission, & nonobstant clameur de Haro, Charte Normande, & Lettres à ce contraires : Car tel est notre plaisir, DONNE' à Versailles le dix-septiéme jour du mois d'Avril l'an de grace mil sept cens cinquante-deux, & de notre Regne le trente-septiéme. Par le Roi en son Conseil.

S A I N S O N.

Registré sur le Registre XII. de la Chambre Royale des Libraires & Imprimeurs de Paris, N°. 760. fol. 616. conformément aux anciens Réglemens, confirmés par celui du 28 Fevrier 1723. A Paris le 21 Avril 1752.

C O I G N A R D, Syndic.

De l'Imprimerie de C. F. SIMON, Imprimeur de la Reine & de l'Archevêché. 1754.

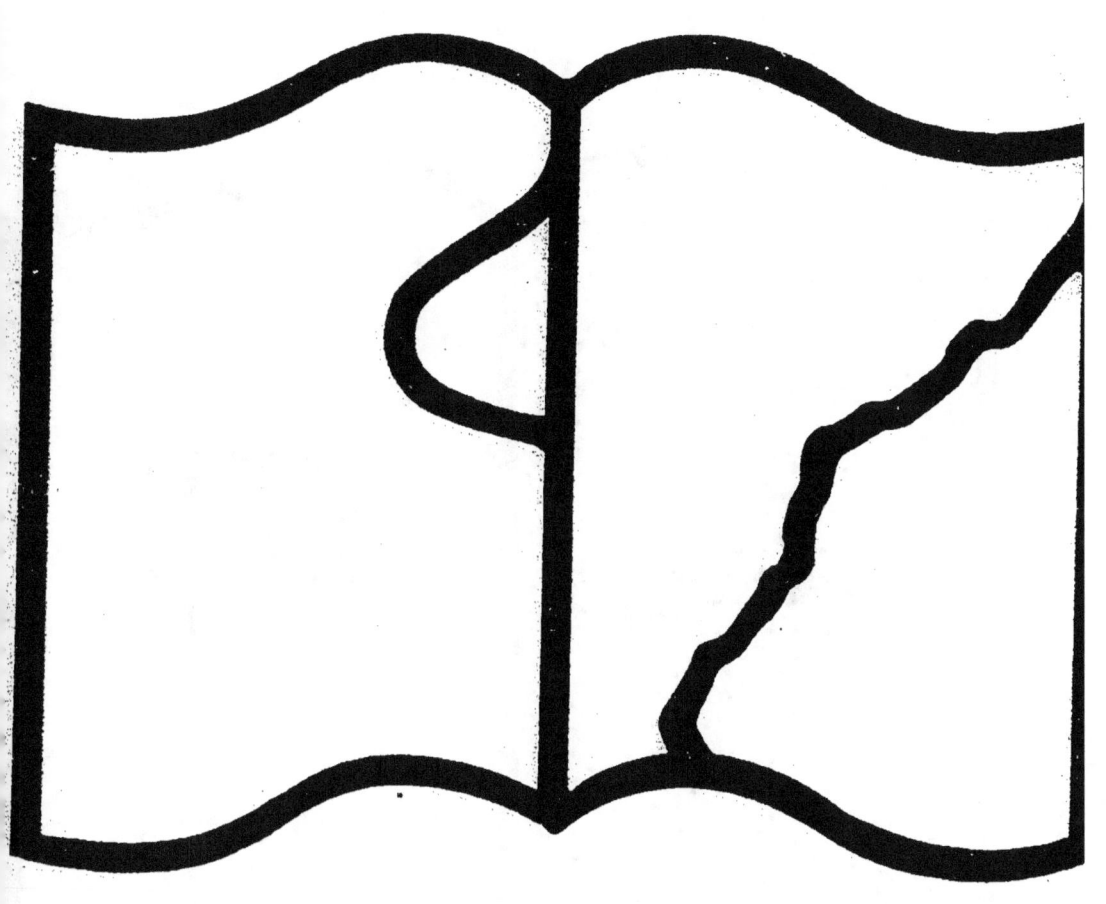

Texte détérioré — reliure défectueuse

NF Z 43-120-11

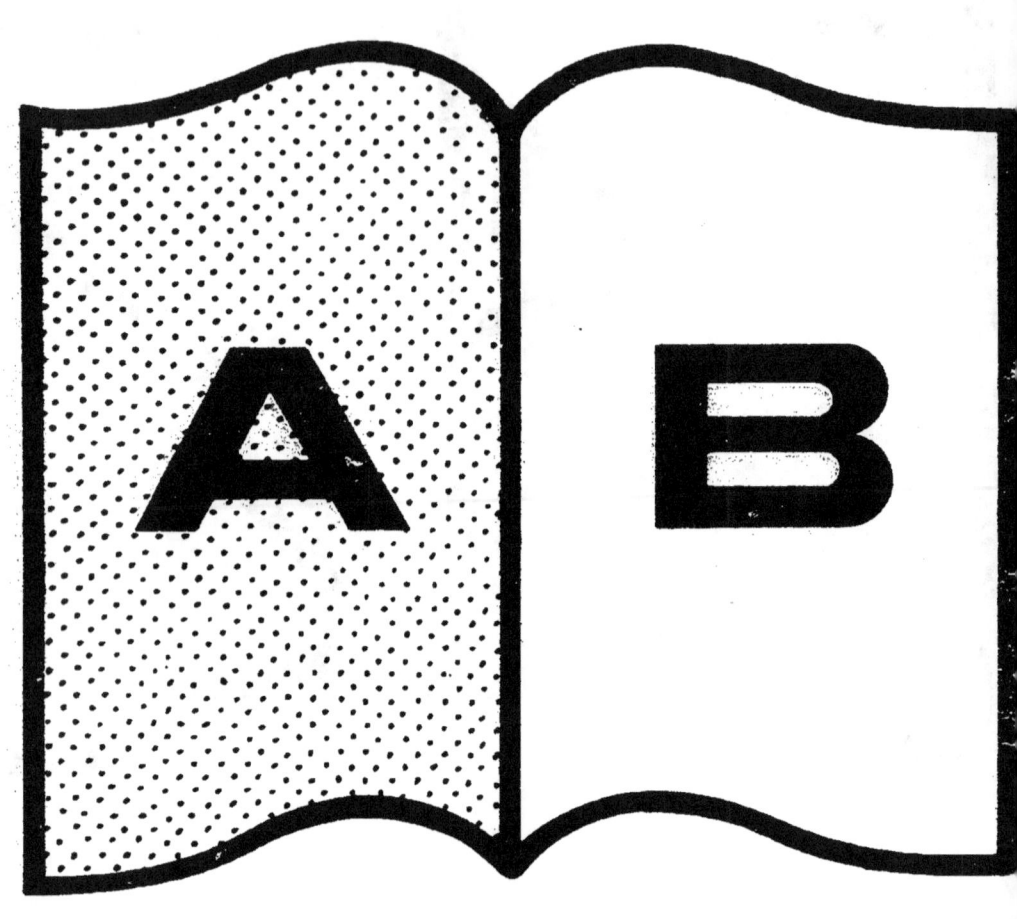

Contraste insuffisant

NF Z 43-120-14

www.ingramcontent.com/pod-product-compliance
Lightning Source LLC
Chambersburg PA
CBHW051639050726
47502CB00011B/1533